はじめての夜　二度目の夜　最後の夜

村上　龍

Menus

はじめての夜　二度目の夜　最後の夜

はじめての夜

二度目の夜

最後の夜

はじめての夜

Melon au jambon de Bayonne

バイヨンヌ産ハムとメロンの黒ゴショウ風味

メロンのフルーティな香りと生ハムのスモークされた薫りが混ざり合い、

そのハーモニーを味わう一品。

さらに、黒ゴショウのすりつぶしたものを加えることで、

一味ちがった風味が引き出される。

「ヤザキさん？　急に電話してごめんね、センセイって呼ばんといけんとやろか、うち、中学の時一緒のクラスやったアオキミチコです」

この夏に私が企画しているコンサートのプレスリリース用の原稿を書いている時、その電話がかかってきた。故郷の方言も懐かしかったが、アオキミチコという名前はもっと懐かしく、胸騒ぎさえ覚えた。アオキミチコという女性は私の初恋の相手だったのだ。そう言えば初恋という言葉は最近あまり聞かない、いつから死語になったのだろうか？

「憶《おぼ》えとる？」

ああ、もちろん、と答えたが、本当にアオキミチコだろうか、と私は最初疑った。電話で話すのはほとんど二十年振りである。私は小説家で、時々映画を撮ったりもしている。新しいタイプのドッキリカメラか何かではないだろうか？

「あ、仕事中やった？　かけ直そうか？」

残念ながら声に聞き憶えがない。だが考えてみれば当り前だ、あれから二十年以上経《た》っているわけだし、その間、数えきれない数の女性の声を聞いてきたのだ。

「かけ直そうか？」

いや、いいよ、と私は答えた。本当にアオキミチコなら、これほどうれしいことはない。アオキミチコは今までもよく夢に登場した。アオキミチコが出演する夢の後は必ず切ない気分で目覚めた。そういう女はそう多くはいない。

「今、仕事しとったと？」

うん、

「何の小説？　エッチなやつ？」

え？

「ヤザキさんの小説、エッチかとが多かやろ？　二つくらいしか読んどらんけど」

エッチな小説が多いと言われてけっこうショックだった。

いや、今はね、プレスリリース用の原稿を書いてたんだけど、

「何？　プレス？」

プレスリリースだよ、

「何それ？」

今、コンサートを企画してててね、キューバのバンドを呼ぶんだけど、そのバンドの紹介とかを、新聞社とか雑誌に文章にして送るんだけどね、その原稿を書いてた、

「キューバ？」

うん、

「キューバに行ったとね？」

最近はキューバばっかりだ、何度も行ったよ、

「へえ、やっぱりねえ、昔からキューバキューバって言いよったもんねえ」

私はびっくりした。キューバの音楽のすばらしさに気付いたのはつい最近のことなのだ。アオキミチコが、へえ、やっぱりねえ、などと言うわけがない。私は、中学時代、キューバについて何か言っていたのだろうか。そのことを聞こうかと思っていると、アオキミチコは話題を変えた。

「最近さあ、長崎によう来よるやろ？」

長崎て言ってもハウステンボスだけどね、そのキューバのバンドのコンサートをハウステンボスでもやることになったもんでね、

「今度は、いつ来ると？」

まだ予定はないけど、月に一回行ってるから、来週とか再来週には行くことになると思うけど、

「今、うちは長崎に住んどるとさ」

昔、私が二十代で小説の賞を取った頃、アオキミチコは平戸で教師をしていた。

「ハウステンボスに来たついででよかけん、ちょっと会《お》うて貰われんやろか？　あ、うちがハウステンボスまで行ってもよかけん」

長崎市内からハウステンボスまでは車で一時間弱の距離だった。

「忙しかとに、悪かねと思うけど、ちょっと話のあるとさ」

夕食を付き合ってくれるんならいいよ、と私が言うと、アオキミチコは笑った。

ハウステンボスの中に『エリタージュ』ってレストランがあるんだけど、そこでディナーを付き合ってくれよ、すごくおいしいよ、

「ディナーねえ」

アオキミチコは小さく笑いながら言った。

「ディナーって、言葉は知っとるけど、実際に冗談やなくて喋《しゃべ》るとは初めてけんね」

そう言えば中学時代に、私のまわりでは、ディナーという言葉は存在しなかった。初恋という言葉が死んで、ディナーという言葉が現実になったのである。

オレ、あの頃、キューバのことを何か言ってたか？　と最後にアオキミチコに聞いた。

うん、何度も何度も、と彼女は教えてくれた。

「ぼくは医者になってキューバに行って、革命を助けるって、みんなに言いよったよ」

記憶がかすかによみがえってきた。

「きょうは絶対に遅れられんって思ったとでしょ？　ケンさんが時間通りのフライトでちゃんと空港に現れると、うれしかですけど、意外な気のしますよ」

空港でいつも出迎えてくれるのはナカムラという名前の高校時代の後輩である。ナカムラは長崎市でイベント会社を経営している。講演やその他の仕事で、私は三度飛行機に遅れ、ナカムラに迷惑をかけたことがある。

大村にある長崎空港からハウステンボスまでは車で四十分ほどのドライブで、私はこの間の景色が好きだった。大村湾を左手に見ながら走ることになる。大村湾は私の知る限り世界一おだやかな海である。

「きょうは会議に二、三十人出ますよ」

私が最近キューバ音楽に入れ込んでいるのを知ったナカムラは、ハウステンボスで毎年行なわれているコンサートイベントで、キューバを特集する企画をプレゼンしてみたらと勧めた。バブル崩壊で日本中のイベント予算が縮小されつつありハウステンボスも例外ではなかったが、私の企画は案外あっさりと受け入れられた。今回は、キューバのどんなバンドを呼んでどのようなPRをするか、それを説明しに行くのだ。どんな形のものであれ私はミーティングが苦手だ。複数の人に向かって喋っている時、信用のできない人間ではないかと自分のことを思ってしまう。喋る対象が増えれば増えるほど言葉は抽象的にニュートラルになっていく。言葉の、最大公約数を捜し続けなければいけない。例えば、おまんこ野郎、と言いさえすればすべてがわかりやすくなるという場合でもそういうことは許されない。

だがきょうの私は消耗するミーティングを控えているくせに妙に浮かれている。アオキミチコのせいだ。ハウステンボスにいる友人達との会食をキャンセルして三時間アオキミチコとのために空けた。彼女はハウステンボスは初めてだと言っていた。

空港を出て高速道路に乗り、佐世保・ハウステンボスという出口で降り、川棚《かわたな》という小さな町を過ぎると高い塔が目に入ってくる。ハウステンボスの象徴の一つ、ドムトールンの塔だ。いつもその塔が見えてくるたびに妙な思いに捉《とら》われる。その塔が、いや塔だけではなくハウステンボス全体がずっと以前からあったもののように思えて、その他の、昔からまったく何も変わっていない川棚の町の河や街並み、パチンコ屋や自転車屋や呉服屋やうどん屋や豆腐屋が非現実的な感じで目に映ってしまう。私が生まれ、育ったのは後者のような風景の中だ。

ホテル・ヨーロッパの中の、『シェラザード』というバーでアオキミチコを待っている。約束の時間まで三十分ほどあって、私はミーティングの疲れをとるためにかなり強いカクテルを飲んでいた。ミーティングはほぼ問題なく終わって、ナカムラも長崎に帰っていった。ナカムラにはアオキミチコのことを話さなかった。別に隠したわけではなく、ナカムラは高校の後輩で、アオキミチコは中学の同級生というそれだけの理由だ。

マティニのお代わりはいかがでしょうか？　と白いロングスカートの女性がやって来て、

私はうなずいた。シェラザードというこのバーは、カウンターとテーブルというスタイルではない。ヨーロッパの古いホテルでよく見る、不規則にソファを配した、リビングルームのような場所だ。天井が高く、壁には重厚な鈴やタピストリーが並んで、飾られている生花の一つ一つまで隙《すき》がない。

二十代の前半に小説で賞を取った頃、編集者にいろんなバーを紹介して貰った。伝統的なホテルのバー、名人と言われるバーテンダーがいる銀座のバー、何千という種類のカクテルとシングルモルトを置いている六本木のバー、とにかくいろいろあって、そういう場所で女と待ち合わせるという楽しみも知った。そういうスノッブなバーライフとでも言うべきものにはまったく魅力を感じなくなったのはいつ頃からだろう、と二杯目のマティニを飲みながら考えた。テニスやF1グランプリの取材で、ひんぱんにヨーロッパに行くようになってからだな、と思った。パリの、リュウ・ド・バックのセーヌ河寄りのところに四ツ星の古いホテルがあって、私の仏訳本を出してくれた出版社に紹介され、常宿にした。周囲には、ガリマールを始め有名無名の出版社がたくさんあって、そのホテルのバーは編集者や作家、画家達のたまり場になっていた。古くは亡命中のトロツキーから、サルトルとボーヴォワールまで、そのバーの常連だったそうだ。そのバーが、まったく普通のバーだったのである。特別に酒がうまいわけでもないし、内装がしゃれているわけでもなく、要するに出版社に近くて便利だというだけでみんなに重宝がられていたのだ。パリにいる時は、毎晩そのバーに行って、待ち合わせに使ったり、食前酒を飲んだり、酔いつぶれてバーテンダーに介抱されたりしているうちに、東京のバーライフがひどくつまらないものに思えてきた。騒々しいとか静かだとかいい酒がそろっているとかサントリーオールドしかないとか女がいるとかいないとかピアノがあるとかないとかスツールやソファがビニールであるとか革張りだとか値段が高いとか安いとかさまざまな違いがあるが、いずれにしろバーに意味や物語を求めるのはばかげている、良い客が良いバーの物語をつくる、そういう当り前のことに気付いたのである。普通になったのだ。普通でいることは難しい。

ロビーを一人の女性が横切り、通りかかったベルボーイに何かたずねた。ベルボーイは私を示し、その女性はうつむきかげんに微笑《ほほえ》みながらこちらへ歩いてきた。アオキミチコだった。私は立ち上がって挨拶をした。お互いに十八歳の時、彼女が大学に行っていた福岡で一回だけデートをして以来だった。正確に数えて、私は言った。

二十三年振りだね。

アオキミチコはうなずいた。そのうなずき方も、照れる仕草も、たたずまいも、ワンピースや靴も、そして二十三年という歳月による老いも、みんな普通だな、と私は思った。

レストラン『エリタージュ』に行き、テーブルまで案内されて向かい合って坐《すわ》り、キール・ロワイヤルの入ったシャンパングラスをカチンと触れ合わすまで、私達は何も話さなかった。

「すぐに、うちってわかった？」

アオキミチコは一センチだけキール・ロワイヤルを飲んでそう聞いた。

十年前だったら、もっと鮮やかに思い出せただろう。すぐにはわからなかった、と私は正直に答えた。別に中学生の頃そのままの顔と雰囲気をイメージしていたわけではないのだが、アオキミチコと久し振りに会って、老いは皮膚のたるみや皺《しわ》だけではないことに気付いた。何か目に見えないものが全身を、特に目のような普通の肌に守られていない部分を被ってしまう。まぶたが重く垂れるという意味ではない。目に輝きが失われるということでもない。目が、否応なしに年月の膜で保護されてしまうのだ。

オレだってすぐにはわからなかったろ？　と私は聞いた。

「いつも雑誌とかテレビで見よったけん、すぐにわかった、有名人はこがん時に得ね」

何か妙な感じだった。アオキミチコが短いセンテンスで何か話すたびに、私のからだのどこかで動くものがあった。頭の中だけではなく、ひざの裏や首筋、指先などで、神経が妙にざわついた。そのざわつきがおさまらないうちに、最初の料理、生ハムとメロンが運ばれてきた。小さくカットされた皮付きのメロンの果肉にピンクの生ハムが、馬の鞍《くら》のように貼《は》り付いて、その上に一・五粒の黒ゴショウがのっていた。フォークで刺し、口に運ぶと、メロンの甘味と生ハムの塩味に加えて黒ゴショウの辛さが弾け、口の中に風が起こったような感じがした。スコールがやってくる直前に熱帯のジャングルに渡る鳥肌が立つような冷たい風、それに似たものを口の中に感じたのだ。黒ゴショウのきいとる、とアオキミチコが言ってそっちを見た時、同じような風が彼女にも吹いているのがわかった。そしてその風はざわついている神経をさらに震動させ、まったく突然に、すべての感覚が中学時代のある日に戻っていくのがわかった。私が初めてアオキミチコの家を訪ね、彼女が玄関口に出てきて、あ、ヤザキさん、と言ったあの日曜日の午後である。私は野球部の練習試合を終えてバットとグローブを持ったまま、彼女の家の前に立ち、破裂しそうな心臓に耐えて玄関のドアをノックしたのだった。

Escalope de foie gras d'oie chaud

フレッシュフォアグラのソテーと大根の甘煮

大根は、グラニュー糖をまぶし、バターを溶かした鍋に入れ、
軽く塩、コショウしてゆっくりと煮上げる。
フォアグラには塩をし、
厚手のフライパンで手早くソテーする。
フォアグラ独特の甘みと大根の甘みの
相乗効果を狙った一品。
ソースは、ポートワインを煮つめたもので、
蜜の甘みがさらに舌にひろがる。

私達の中学校はアメリカ海軍の基地とほぼ隣接していて、教室の窓からは「ベース」の象徴である金網が見えた。私が入学したのは六〇年代の中頃、ビートルズが『ア・ハード・デイズ・ナイト』という映画を作った頃だった。アオキミチコは隣のクラスにいた。すぐ近くに住んでいる野球部の仲間がいて、家の場所を教えて貰っていた。その日は日曜日で、他校との練習試合が午前中にあった。私はセカンドで八番バッターだったが、その日は二本ヒットを打って、五対二で試合に勝った。相手校は繁華街の中にあって、不良が多いことで有名だった。もっともその当時はどこの学校にもまんべんなく不良はいた。相手校は映画館や飲食店が集まっている場所だったので、大人の遊びに接するチャンスの多い連中が多い中学校だったというだけのことだ。私が中学生の頃は、喫茶店に出入りするだけでもう「不良」だったのだ。そう言えば不良という言葉も死語となっている。

私達は、次に行なわれた女子のソフトボールの試合を応援した。ひどい応援だった。がんばれ、とか、かっとばせ、とか、勝てるぞ、とかは言わない。相手チームを攻撃するのだ。お前のかあちゃんはパンパンだろう、とか、そんなにでかい尻をしてもう誰かと一発やっただろう、とか、ユニフォームの脇から腋毛がはみ出てるぞ、とかそういうことを言う。まず審判から注意され、それでも止《や》めないで言い続けていると、自校のソフトボール部の顧問教師から何人かが殴られた。それでも止めないで汚い野次を言い続けて、ついに強制的に退去させられ、自校のソフトボール部の女子からも、最低だ、恥を知れ、と言われた。

殴られようが、女子から最低だと言われようが、十三歳、十四歳頃の男は楽しければそれでいい、と思っている。十二歳から十五歳頃までが、男にとって、唯一、女のために生きなくて済む時期なのだ。それ以前は母親に支配され、それ以降は「いい女」に支配される。

校門付近で、敵の野球部が待ち受けていた。校舎の裏へ来い、と言う。たいてい校舎の裏がケンカの場所だった。私は敵のキャッチャーからこめかみと顎《あご》を二発ずつ殴られ、センターにすねを蹴《け》られたが、それ以上のパンチを相手にヒットさせ、敵の何人かが泣き出して、私達はケンカにも勝ったのだった。動物が仰向けになって腹を見せるのと同じで、泣くのが降伏のしるしだった。野球にもケンカにも勝って、私達は気分が高揚していた。

アオキミチコのすぐ傍に住んでいる奴が、言った。こういう日に女の家に行かなければ他に行く日はないぞ。そいつはショートで名前をハマノといった。私とハマノは共に肩が強かったので、中学生にしては珍しく、よくダブルプレーを練習したものだ。最大の生きがいといってもよかった。二人とも、ノーアウトかワンアウトでランナーが出ないかな、といつも試合中に考えていた。一試合で四つのダブルプレーをやったこともある。

「日曜日にアオキは家におるやろか？」

繁華街から基地方面に向かうバスに乗り込みながら私はハマノに言った。アオキミチコに会いに行くという緊張と興奮で、殴られたこめかみも顎も痛くなかった。

「おる」

とハマノは言った。まるで、あの湖にはその時間必ずネッシーがいる、というような感じだった。

「アオキはNHKの『中学生日記』ば必ず見るけん、今やったら、絶対に家におる」

佐世保重工業のドックと、米軍の将校用住宅を見下ろす丘の停留所でバスを降りた。私とハマノは降りた後に、走り去っていくバスの排気ガスを口と鼻から吸い込むことを忘れなかった。バスの排気ガスを吸えば頭が良くなると誰かが言い出して、誰もが機会があるごとにそれを実行していた。教師や親がいくら「そんなことは嘘だ」と言っても誰も止めなかった。停車中のバスの排気管をくわえて直接ガスを吸った一人の中学生が病院に運ばれて死亡するまでその嘘は信じられ実行されたのである。

丘の上のバス停から、私とハマノは狭くて不規則な石の階段を下りて行った。両脇には小さな家と集合住宅がほとんど隙間なく並んでいる。時々同級生に会うと、私達がまだユニフォームを着ているので、勝ったか？　と聞いてきた。私達は、勝ったぞ、と答え、

「中学生日記」がまだ終わっていないかどうかを確かめた。季節は初夏で、陽差しが強く、私達の濃い影が石とコンクリートをつぎはぎして造られた階段に屈折して伸びていた。路地を吹き抜ける風とともに花や炊事やゴミの匂いがして、それは私に、学校の校舎ではなく、彼女が食事をし寝起きする場所でアオキミチコに会うのだという緊張を高まらせるのだった。

「あそこだ」

とハマノが言った。そこは佐世保重工業の第四ドックの当時世界一と言われていたクレーンが間近に見える小さな谷間にある木造のアパート群だった。低い軒が重なるように六棟の平屋建てのアパートが並んでいて一戸一戸に付いている煙突がエキゾチックだと思った。煙突の円錐形の先端は赤と青で塗られていた。私はアオキミチコの住むAの1というアパートに近づいていきながら、その煙突ばかりを見ていて、なぜか、この赤と青の色を一生忘れることはないだろう、と思っていた。

アパートから二十メートルの距離に迫った時に、「じゃ、うまくやれ」と言ってハマノが帰って行った。ハマノの家は停留所からここまでの途中にあったが、私のために付いてきてくれたのだった。すまなかったな、と言うと、そがんことはよか、と笑った。そのかわりヤザキはもっとフィールディング練習してスナップスローも練習してもっともっとみんながびっくりするくらいダブルプレーをやろうで……。

アパートの玄関をノックして、ごめん下さい、と自分でも変だと思うような声が出て、しばらくすると、アオキミチコの顔に単にボールペンで皺を描いた、というような母親が現れた。

「同じクラスのヤザキといいます。ミチコさんは御在宅でしょうか？」

胸の中で何百回と繰り返した台詞《せりふ》を言うと、アオキミチコの母親は笑った。御在宅というのがおかしかったのではないだろうか、ゴイザタクとかゴタクザイとか発音を間違ったのかも知れない。教養がないと思われてはもうおしまいだろう、笑われたことでさまざまな思いが交錯し、すべてが終わったような気になっていると、母親の顔から皺を取り除いて艶《つや》出しをしたようなアオキミチコの顔がふいに現れた。何を話したのかまったく憶えていない。私は彼女の顔を見続けることができずに、左手に持つグローブの「ミズノ」というメーカーの名前をじっと見ていただけだった。

「ヤザキさんはいつもこがんレストランで食事をしよると？」

バカラのワイングラスの向こうにいるアオキミチコがそう聞いた。

そがんことはなか、と、まったく自然に長崎弁が出てこようとして、私は慌てて意識を立て直し、そんなことはないよ、と標準語で言った。

二番目の料理が運ばれてきて、それは「フレッシュフォアグラのソテーと大根の甘煮」だった。輪切りの大根の上にフォアグラのフレッシュなものがのっている。

「大根の上にのっとるの何やろうね」

アオキミチコが言って、フォアグラだと教える時とても気恥ずかしいものを感じた。二十年前にはほとんど誰も食べたことがなかったのに今では食べものの一つのブランドとして定着しているというある種のうさん臭さ、ではなく、単にフォアグラという語感と今の自分の意識がまったく違っていたからだ。

「うち、初めて食べるとよ」

と言ってアオキミチコはフォアグラと大根を一緒に口に運び、小さな口で喉《のど》を震わせてのみ込んで、不思議な味、と低い声で呟《つぶや》いた。アオキミチコは今までそのような味のものを食べたことがなかったのだろう。フォアグラと大根を一緒に口に入れ舌と歯ですりつぶし、砕いても両者は最終的に決して混じり合わない。食べながら私はこの二つは分子や原子といったレベルになっても混じり合うことがないのではないかと思った。二つの味は喉から滑り落ちるまではっきりとした区別を持って際立ち、私はその感じを味わいたくて一言も口を開《き》かずに一皿を食べ終え、ソースだけが残った時に、失われたものは二度と戻って来ない、という大げさな思いに捉われた。料理が消えた皿を眺める気分は、夢中になっている愛人から、もうあなたとは寝ない、と突然言われた時に似ていた。ただ快楽だけがあって絶対にわかり合えないタイプの女と別れる時の気分だった。

アオキミチコが私を見ている。彼女もフォアグラと大根を食べ終えたばかりだった。

さっき、と私は言った。

「アオキの家に初めて行った時のことを思い出してたよ」

アオキミチコはそれを聞いて、首を軽く傾けて笑った。それは彼女の癖だった。

「うちも何か思い出したとやけど、今のお料理で、忘れてしもうた、でも初めてヤザキさんがうちの家に来た時のことは憶えとるよ、ユニフォーム着とったやろ？」

ああ、と私はうなずいた。

「さっきからそのことをずっと思い出してたんだけど、何を話したのかまったく憶えてないんだよ」

ちょっと待ってね、とアオキミチコはまた首を軽くかしげ、シャサーニュ・モンラッシェの入ったワイングラスを唇に押しつけたまま、しばらく考えて、ちょうど今ぐらいの時季やったよねえ、と言った。

「何か、音楽の話をしたとやなかやろうか、ビートルズとか、ベンチャーズとか、うちがビートルズは『プリーズ・ミスター・ポストマン』しか知らんて言うたら、ヤザキさんはそがん有名じゃなか曲を知っとるとは珍しかって言うたような気がする」

記憶になかった。ところでアオキミチコは何の用で私に会いたかったのだろうか？

「ああ、そのことね、今子供がちょうど中学生でね、そいでヤザキさんに少し話を聞いて貰おうと思うて」

私はがっかりした。毎晩からだの奥がうずいて眠れないので何とかして欲しい、と言われるのを期待したわけではないのだが、子供のこと、と言われると男としての攻撃本能が萎《な》える。

「男の子？」

お前はお人好しのおじさんなのだと自分に言い聞かせながら、そうたずねた。アオキミチコはうなずき、溜め息をついて、首を振った。

「何を考えとるのか、わからんと、学校のことを聞いてもうわの空て言うかちゃんと答えんし、要するに会話の成立せんとさ、わかる？」

「何年生？」

「中学の二年生やけど」

中学の二年あたりで男は少しずつ変わり始めるのだ、と私は言った。中学校の一年までは何ていうかまだ子供なんだよ、色気づくとかそういうことではないけど、まあそういうことも含めてね、秘密を持つようになる、それが中学の二年くらいからで、だからアオキの子供は普通なんだよ、何て下らないことを喋っているのだろうと思いながら言った。

「そのくらいは大体うちも知っとる」

とアオキミチコはまた溜め息をついた。

「うちもずっと中学生を教えてきたけんね、大体男の子はそういうものってわかるとやけど、うちの子は、何て言うか、ほら、三年の時、ヨシムラっておったやろ？　憶えとる？」

ヨシムラは変わった少年だった。まるでこの世の不幸を全部一人で引き受けているような男の子で、そのくせ妙に存在感があった。両親が別居して、おばあちゃんに育てられていて、ボタ山の中腹にあるトタン屋根の掘立て小屋に住み、生まれつき心臓が悪く、小学生の時に木から落ちて左脚を複雑骨折してその影響で走ることができなかった。中一の時トラックにはねられたが、奇跡的に生きのび、なぜか私と仲が良かった。

「ヨシムラ君を思い出すとさ、子供を見よったらね」

私には意味がわからなかった。

Soupe de champignons feuilletés

キノコ類の軽いクリームスープ　エリタージュ風

マッシュルームとセープをバターで炒め、
ゆっくりと煮だして漉したものに、生クリームを加えて火にかけ、
味つけをし、再び漉して、スープを作る。
さらに、別に炒めておいたジロル、しめじ、トリュフなどの
キノコ類をパイ皮で包み、オーブンで焼いたものを加える。
パイ皮を割ると、プーンとキノコの香りが口に広がる。

「うちはヨシムラ君ってあまり話したことなかし、印象にも残っとらんやったけど息子と何か話したりする時にね、ふっと思い出してしまうとさ、薄かったやろ？　ヤザキさんにしてもこのお料理にしてもちゃんと目には見えん味ていうのがあるやろ？　ヨシムラ君は透明人間のごたる感じやったやろ？　触ろうって思っても影だけっていうか、うちの言いよることわかる？」

わかるよ、と私は答えた。アオキミチコは、声も喋り方も変わっていない。私が中学生の頃、フランスにフランス・ギャルという冗談みたいな名前の歌手がいて、『夢見るシャンソン人形』という今だったらギャグにしかならないような歌をヒットさせていた。アオキミチコの声がそのフランス人の歌手に似ているとみんなに言って回ったことがあった。誰も納得してくれなかった。その後フランス・ギャルは『夢見るシャンソン人形』の日本語ヴァージョンをうたい、私はアオキミチコに、「頼むからうたってみてくれ、そうすればみんなわかってくれるから」と言いたかったが、言えなかった。でも、私は今でも二人の声は似ていたと思っている。細く、かん高くて、少し鼻にかかっている、アオキミチコの声は昔とほとんど変わっていない。

「ヤザキさんは、ヨシムラ君とか、たまに思い出すことある？」

たまに思い出す、と私は答えた。中学や高校の同級生を思い出すようなことはめったにない。野球部の仲間以外は顔も忘れているが、不思議なことにヨシムラだけはよく憶えていた。

「ヨシムラ君、今、どがんして生きとるとやろうか、あの頃も、もういつ死んでもおかしゅうなかって感じやったもんね」

ヨシムラと自分の息子が似ているというのはどういうことなのだろうか、と白ワインを飲みながら考えていると、スープが運ばれてきて、目の前でフタが取られた。

「キノコ類の軽いクリームスープ、エリタージュ風です」ウエイターがそう言って、確かにシャンピニオンのかすかな香りがした。軽いスープ、というだけあって、香りも味もストイックに抑えたものだった。私もアオキミチコもキノコの感触を楽しみながらあっという間にスープ皿を空にした。

「変な言い方やけど」

ワイングラスの外側の縁に付いた口紅をマニキュアのない細い指でそっと拭《ぬぐ》いながらアオキミチコは私のほうを向いた。

「今のスープ、何かヨシムラ君みたいじゃなかった？」

どういうこと？

「透明みたいなのに、存在感のある」

ああ、そういう言い方はわかるよ、でも、今もわからないんだけど、ヨシムラのどういうところが息子さんに似てるのかな？

「ようわからんけど」

アオキミチコは両手でワイングラスを支えている。

「今、考えてみたら、似とるところは透明人間のごたるところだけで、あとは全然似とらんかも知れん、スープ飲んだら、そがん気のしてきた」

軽いけど、強いスープだったよね、

「うん、そうやろ？」

スープのフタが目の前であけられた時、キノコの香りは嗅覚を刺激するのではなく、感覚全体をそっと包み込むように私に届いた。匂いの粒子が突き刺さってくるのではなく、何か大きくて柔らかいものに包まれたようだった。

私とヨシムラは小学生の時から一緒で確か四、五、六年と同じクラスだった。母親が蒸発してしまって、父親は関西のほうに一人で働きに行き、ヨシムラは三歳下の妹と、ボタ山の中腹に立つトタン屋根の小屋におばあちゃんと三人で住んでいた。

ヨシムラは私によくなついていた。胸囲もウエストも太腿もあまり太さが変わらないようなひどい虚弱児で、心臓と肺が悪く、結核に冒されていた肺を小五の時、木から落ちて石で打ち、左半身がどす黒く変色してしまっていた。いろんなところに障害が出て、まともに喋れないほどだったから、漢字もほとんど読めないし、算数は九九もできなかった。恐ろしくからだが弱いということで、勉強ができなくても宿題をやってこなくても授業中に鉛筆が持てなくても先生はヨシムラを叱らなかった。ヨシムラは歩き始めた幼児よりも遅く歩いた。

なぜヨシムラが私になつくようになったかというと、小学校五年生の始業式の時に、小さな事件があったからだ。始業式の最中、ヨシムラは長い時間立っていることができないので、校長の訓辞の時、すぐに坐り込んでしまった。その日は特に気分が悪いらしくて、抱きかかえたひざの間に顔を埋めて、『スター・ウォーズ』のダース・ヴェーダーのような荒い息をしていた。それを新任の女の先生が見つけて、注意をした。新任の教師なのでヨシムラが特別だと知らなかったのだ。ヨシムラの息づかいはきっと笑っているように聞こえたのに違いない。「あんた、始業式に何ばしよるとね」太っていて、からだの大きな女教師はヨシムラの肩を揺すり、他の先生が止めに入る前に、ヨシムラは発作を起こして咳込《せきこ》みだした。私は四年生の時に何度か同じような症状を見たことがあったので、ヨシムラの背をそっと丸めてやり背中を強くゆっくりとさすってやった。四年の時学級委員でヨシムラを保健室に連れて行ったことが何度かあって、医師がそうやるのを憶えていたのである。女の教師は、わけがわからずに青ざめた顔で突っ立っていて、他の教師から事情の説明を受けると、「なぜ、そがんひどか病気の生徒ば病院に入れんとですか」とキンキン声を上げていて、私は腹が立ち、ヨシムラの背中をさすりながら、「人殺し、死刑になれ」と小さな声で言った。それが聞こえてしまって、他の教師二、三人から殴られた。後でヨシムラから聞いたのだが、背中をさすってやったことよりも、女教師に「人殺し」と言ったことのほうがうれしかったらしい。

「胸の苦しゅうなるとは慣れとる、でも、キンキンした声の女は、慣れとらんけんものすごう恐《こわ》かった、ケンちゃんが怒ってくれたけん、キンキンした声がケンちゃんのほうに向いて、楽になったとよ」

ヨシムラはよく私の家に遊びに来るようになり、よく一緒に漫画を見た。私が他の友達と外で遊ぶ時は、ダース・ヴェーダーのような声で「ケンちゃん、がんばれ」と応援した。ヨシムラの小屋にも何度か遊びに行ったことがある。煮炊きのできるかまどのある土間と、ミカン箱を並べた上に直《じか》に畳を置いた四畳半ほどの部屋と、それだけの小屋だった。ヨシムラのばあちゃんは夏には腰巻一枚でどこへでも出かけ、器用に立ったままオシッコをする、鬼のような顔をした人だったが、両親が教師だということで、「ヤザキ先生の息子さんばい」と、私はいつも笑顔で迎えられた。

その小屋には水道がなく、歩いて一分ほどのところを流れる湧き水を、半分に割った竹で作った水路で土間のかめに溜めてあるのだった。電気は、ブラジルやフィリピンで見たスラムと同じように街灯から電線を引いて盗んでいた。三歳下の妹もからだが悪く、耳が片方ないウサギのヌイグルミを抱いて必ず眠っていた。ばあちゃんはよくさつま芋を油で揚げて砂糖をまぶしたものを作ってくれた。私がヨシムラの小屋に遊びに行ったのはそのさつま芋が目当てではなかった。ばあちゃんがいなくなるとヨシムラは畳の下のミカン箱の中から父親が集めていたという当時のエロ本を出してくれたのだ。エロ本といっても今の少女漫画のほうが情報は多いかも知れない。リアルで下品な挿絵だけで小学校五、六年生は発熱するほど興奮したが、まだオナニーの方法も知らなかった。

ヨシムラが林をさまよって木から落ちた時の衝撃は私の中でしばらく消えなかった。その二週間ほど前、私とヨシムラはボタ山のふもとの雑木林に遊びに行った。私には父の道具箱から黙って持ち出したノコギリがあって、片端から手頃な木の枝を切って遊んだ。木の枝を切るだけで楽しかったのだ。ヤブの中に少しだけ開けた空間を作ると、ただそこに腰を下ろしてヨシムラと話をした。ヨシムラは私の話を聞きたがった。

「幼稚園の頃からずっと考えとることのあってさ、それは医者になって女の子とか女の先生のお尻に注射ばしたらものすごく気持ちのよかやろうねってことでね、ほら、三年生の担任でピアノば弾く若か先生のおるやろ、あの人ば診察してさ、あの人は、風邪ですって言われて、シャツの袖ばめくったら、いいや、今度の風邪はお尻に注射せんばいかんって、医者のオレが言うてさ、先生はびっくりして恥ずかしかもんけん、こう首ば横に振るけど、いくら恥ずかしゅうても医者の言うことば聞かんばいかんけん、こう、スカートばめくって……」

ヨシムラは、学校の授業はまったくできなかったが、テーマがエロチシズムになると小学生とは思えない異様な関心と理解を示した。例えば医者と注射の話の後で、ヨシムラは言ったものだ。

「ケンちゃん、実際に女の人のお尻にさ、注射針のブスッて刺さるともドキドキするばってん、女の人がスカートば脱がされる時にもっとドキドキするとはなぜやろうかね？」

私の家に泊まりがけで遊びに来た時、一緒に風呂に入ったことがあって、上半身にあった数本の手術の跡もすごかったが、もっと驚いたのはヨシムラのペニスの巨大さである。「何だお前のチンポコは！」と絶句すると、「ボク、心臓じゃなくてここで生きとるごたる気のする」と、巨大なものを指でつまんで揺すってみせた。それは既に先端が大きく露出していて、長さも太さも私の二倍はあった。

雑木林で私とヨシムラは木の枝を切って遊び、長いこと性の話をして、その後、木に登った。握力や腕力のほとんどないヨシムラを、私は木の上へ引きずり上げてやったのだ。比較的登りやすい枝ぶりのブナの木からは、夕景の佐世保湾が見えた。ヨシムラは口から涎《よだれ》を垂らし、アーアーアーとターザンのような、しかし弱々しい声を出し、巨大なペニスを半ズボンの下で勃起させて、私自身が唖然《あぜん》とするほど喜んだ。

その二週間ほど後、ヨシムラは別のもう少し高い木に登ろうとして、何とか半分までいき、落ちた。胸部を石で打ち、口から血を吐きながら這《は》って雑木林を出て、通りがかりの人に病院に運ばれた。私がヨシムラを木に登らせたことは誰も知らなかったので、叱られることはなかったが、見舞いに行って、変色した左半身を見て吐きそうになった。とても生きている人間の肌には見えなかった。だがヨシムラは自分のからだについて、その痛みや出血やむくみについてまったく関心がないようだった。私の目をじっと見て、ケンちゃん、ボクは不死身ばい、と言った。

「昔、大雪の降った時のあったやろ?」

アオキミチコの声で、ヨシムラの紫色の肌の映像が途切れた。

「ヤザキさん、さっきからボーってして、どがんしたと?」

私はスープの香りについて考えていて、ヨシムラのことを思い出してしまっていた。当り前のことだが、今はもうスープの香りは消えてどこにもない。香りの記憶もない。それはアオキミチコの言った通り、「透明なのに、存在感のある」香りだった。感覚がその香りを追い、別の記憶がよみがえったのだろうか?

「雪の降った日のこと憶えとる?　大雪」

何回か、降ったよな、

「うち達が二年生の時」

雪合戦をしたような気がする、

「そう、うちは三組やったやろ、最初女子が登校して雪ダルマとか作りよったら、男子が来て、ヤザキさんもその頃来て、はじめは男子と女子で雪合戦したやろ？　憶えとる？」

オレが憶えてるのは、アメリカのジュニアハイスクールのやつらと雪を投げ合ったことだけど、

「その前に、男子がみんなうち達の顔やなくてスカートの下ば狙《ねろ》うて雪ば投げたやろ？　うちもグシャグシャに濡《ぬ》れてしもうて、先生が石油缶に火ば熾《おこ》してくれて乾かしよったら、アメリカの中学生とヤザキさん達の雪合戦の始まって、うちもヤザキさん達ば応援しよったけど、事故の起きたやろ？」

アメリカ人のジュニアハイスクールは私達の運動場より高い位置にあって、雪合戦になると彼らは非常に優利だった。それで私は雪の玉の中に、石を詰めて投げていたのだが、それが、一人のアメリカの少年の目に当たったのだった。

Gratin de homard de Canada aux épinards

カナダ産オマール海老とホウレン草のグラタン

オマール海老をクールブイヨン(香草野菜と白ワインで煮立てて作る)で、
仕上げがコリコリの状態になるよう軽めにボイルする。
ホウレン草はニンニクの香りをつけて、バターで炒める。
仕上げに卵白をからめ、焼き色をつける。

ジュニアハイスクールの生徒達は、「フェアではない」と騒ぎ出し、私は地政学的にも政治的にも平等ではないくせにフェアもへったくれもあるかと思ったが、しばらくしてジープに乗ったMPがやって来て、中学生は彼らの持つ銃に怯《おび》えたのだった。MPが登場したということで、校舎から校長以下の教師達も飛び出してきて、事態は深刻化した。雪の中に石を詰めて投げていたのは、私を含めて三人で、三人共野球部だった。もちろんダブルプレーコンビのハマノもいた。見慣れないものにとって、銃には非常な恐怖がある。私は、いろんな映画で見た銃殺のシーンを思い出していた。校長は、レイテ沖海戦の生き残りだといつも自慢しているような人だったが、旧帝国海軍の面影はどこにもなく、基地の街の子供にとっておなじみの光景が私達の前にあった。普通は威張っている大人がアメリカ兵にペコペコするという、不思議でそのうち見ているほうまでがひどく卑屈に、屈辱的になる光景である。そのうちMPと校長が同時にこちらを見たので、ついに銃殺の時が来たのだと私は思った。MPが振り向いた時に銃口もこちらに向いてしまって、雪で濡れていたので目立たなかったがハマノはオシッコを洩《も》らしていた。校長と生活指導の教師が私達のほうに歩いてきて、いきなり私は二人から二、三発ずつ殴られた。銃殺ではなくてビンタでよかったな、と考えていると、さらにまた四、五発ずつ殴られて、MPもこちらに近づいて来るのが見えたので、ギクリとしたが、MPは校長達を制止しにやって来たのだった。デモクラシーの本場の国なので、いくら罪を犯したといっても大人が子供を、続けざまに殴るということに耐えられなかったのかも知れない。

校長と私の間に割って入ったMPは、ほとんど巨人に見えるほど背が高くて、額がはげ上がった小太りの校長がひどくみすぼらしく見えた。表面にうっすらと雪が載ったカーキ色の軍服とピカピカに磨かれた編み上げ式のブーツは、校長の粗末な布地の背広と泥だらけでグチャグチャの人工皮革の靴に比べると、どちらが戦争に勝ったかを示すだけではなく、最初から勝利者であり続けることを約束された人種がこの世界にはいるのだということを十三歳の少年に理解させるのだった。

やがてMPは中学生にもわかるような易しい英語で私に向かって聞いた。

「君がやったのか？」

私は、怯えを表情に出すまいと必死に努力しながら、うなずいた。

「どうして、石を入れたのか？」

こっちは低いところで、あっちは小高い丘の上にあるからだ、私は、文法を間違わないように注意して答えた。

これはゲームだった、男の子どうしの遊びだった、しかし、怪我をさせたことに対して、心から謝りたい、そういう意味のことを私は言った。MPから視線を外《はず》さずに、声が震えないように、ひざが震えそうになるのを我慢しながら。運動場にはその時生徒と教師を合わせて百人あまりの人間がいたが、声を出すような者は一人もいなくて、咳払い一つ聞こえず、ただ雪だけがみんなの髪や肩に降り落ちていた。

わかった、とMPは言った。怪我をした子に君の言葉を伝えよう。

「あの時、みんなハラハラしとったやろ？　うちはなぜあの時に先生がすぐヤザキさんを指差したのかようわからんけど、あの時、校長先生もすぐヤザキさんのほうを見て、兵隊さんもすぐヤザキさんのほうに行ったもんね、なぜやろ？」

そう言ったアオキミチコの前に、次の料理が運ばれてきた。カナダ産オマール海老とホウレン草のグラタン。

「誰もヤザキさんがしたって告げ口とかしとらんとにね」

オレは何ていうか叱りやすいタイプだったんだよ、と私はオマールを口に運びながら言った。オマールの歯応えは独特だ。だが、当然のことだがボイルしすぎるとその歯応えは消えてしまう。アオキミチコはオマールを食べるのは初めてだそうで、私はその形や色を説明した。ザリガニのでかいやつみたいなもんだよ、オマールを噛《か》みながら、雪の日のことを一瞬忘れ、人が他人に与えるエネルギーのことを考えた。私は、小説を書くだけではなく映画も作る。たくさんの女優に会って、彼女達の特性についていつも思うことがあった。女優というのは本当に因果な仕事で、それはオペラ歌手やバレリーナとも少し違う。女優は、何らかの支えを常に必要としていて、それはプライベートな恋人だったり、一緒に仕事をしている監督だったり、ある場合にはペルシャ猫や愛玩犬だったりするが、その、自分を支えている何かに一度でも依存してしまうと輝きが失われる。つまり、ボイルしすぎたオマールのようになってしまうのである。ボイルされすぎたオマールは、もうオマールではない。別のものだ。

「叱りやすいって？」

オレはどんなにひどく叱っても、いずれ立ち直るっていうか、そのことでどうにかなってしまうようなタイプじゃないって、みんなが思っていたフシがある、

「そう言えば、よう、叱られよったもんね、なんでわざわざ叱られるようなことをするとやろうかって、うちはいつも不思議やった、目立ちたがりっていうのとも違うしね」

うん、本当は叱られたりすると、普通の人よりもっと傷つくんだけどさ、

「そがん風には見えんけどね」

本当はそうなんだよ、ほめられたほうがやる気になるし、

「だったらなんで、あんなに叱られるようなことをするとね」

我慢できないことっていうのがあるんだ、と私は答えた。

「そがんことは、誰にでもあるやろ？　ヤザキさんは何か特別かとやろうかね、ね、何に

我慢できんと？」

それが簡単に言えるようなもんだったら、と私は言った。小説を書いたりしないかも知れないな。

「キザな台詞《せりふ》やね」

アオキミチコは笑った。照れ臭くなって、私も笑った。二人ともオマールのグラタンをほぼ食べ尽くそうとしているところで、ホウレン草には軽くニンニクの香りづけがしてあって、しかも、ホウレン草からではなく、皿の向こう側からその香りが漂ってくるのだった。香りというものは不思議だ。さりげないものであればあるほど、ある記憶と結びついてしまう。

「あの日、ヤザキさんが、また叱られたやろ？　あのアメちゃんの兵隊が行った後に、また先生達から殴られたやろ？」

ＭＰがジープに乗って去った後、なぜか校長はトボトボと校舎に戻って行ったが、生活指導の教師を中心に何人か集まってきて、このバカが、とか、何てことをしたんだ、とか、もし失明していたらどうするんだ、とか言いながら、私をこづいたり、頬を張ったりしたのだった。その時私は思った。同じ日本人のくせにこいつらは銃を持った外国人からオレを守ろうとしなかったし、その後でオレを殴っている、こういう連中のことは、死ぬまで信用しないぞ……。

「あの時ね、気付いたらヨシムラ君がうちのすぐ後ろにおってね、振り向いたらさ、ヨシムラ君がニヤニヤ笑いよったとよ」

笑ってた？

「うん、そいでね、うちもね、何ば笑いよっとねって、聞いたとさ、そしたら、ヨシムラ君、何て答えたと思う？」

わからない、と私は答えた。アオキミチコとヨシムラの間にそういうやりとりがあったとは知らなかった。

「ヨシムラ君はね、ずっとニヤニヤ笑いながらね、アオキ、って、ほらあの人いつも鼻水ば垂らしながら鼻声で喋るやろ？　その鼻声でね、ケンちゃんは絶対に負けん、ってね、うちに言ったとよ」

ヨシムラはとても映画が好きで、私達はよくカトリーヌ・ドヌーヴやクラウディア・カルディナーレやモニカ・ヴィッティの話をしたものだ。当時の田舎の中学校では、基本的に、映画を観に行くことは禁止されていた。夏休みや冬休みに、「認可映画」として指定されたものだけが観に行くことを許されていたのだ。すべての中学校でそう決められていたから、制服で映画館に行くと入場を断わられるのだった。だから私とヨシムラは私服に着換えて、おこづかいの許す限り映画館に通った。

ヨシムラが好きな映画は、誰でも知っている大スターが出て、ゆったりとしたストーリーで構成される、制作バジェットが巨大な、ハリウッドスペクタクルだった。その頃盛んに作られていた七十ミリの大画面映画がヨシムラは大好きで、「ね、ケンちゃん、この映画は七十ミリばい」と必ず私を誘った。

私は日本映画以外全部好きだったが、二人の好みで共通していたのは、『夜』シリーズと呼ばれる、当時流行《はや》った色もののドキュメンタリーだった。それはヤコペッティの『世界残酷物語』の大ヒットに端を発していて、『ヨーロッパの夜』を始め、多くのシリーズが作られた。その多くは、ナイトクラブのショーや各国の奇習や変わった性風俗をとり上げていて、いい加減なものばかりだった。例えばイタリアンアルプスのある地方では、羊の去勢をする時に処女が奥歯で嚙み切るとか、コーカサス地方のある村では男子が成人を迎える試練として生卵を五十個いっき呑みするとか、アンデスのペルー側のある小さな町には結婚初夜に人間と動物が混じった大乱交をやるというしきたりがあるとか、そういうもので、ひどい時には、コーカサスの村の住民とアンデスのシェルパに同じ俳優が使われている、ということもあった。

タイトルは思い出せないが、そういう性風俗のドキュメンタリーの決定版といわれていたものが、小さな飲食店の乱立する場末の汚い小屋にかかっていて、梅雨の時期の土曜日の午後に、私達は出かけることにした。

私達はいつもバス停で待ち合わせた。佐世保は、僅《わず》かな平地の部分を米軍が占領しているために、ほとんどの人は山の中腹に住んでいて、街へ出る時は長い坂道を下り、帰りは喘《あえ》ぎながら同じ道を登るのだった。

その日雨は降っていなかったが、視界が煙って見えるほど湿度が高かった。だが、禁じられている映画を観に行くことで胸が高鳴っている中学二年生は湿度など気にしない。私は母親に、図書館で勉強してくる、と嘘をついて口笛を吹きながら家を出た。バス停までの道はすべて階段か坂だ。まず右手に墓のある階段を駆け降り、車がやっとすれ違えるくらいの狭い坂道に出て靴屋の前を通る。靴屋といっても、ショーウインドウに並んでいる靴はごく少なくて、シマウマのような顔をした子供好きの店主のおじさんは、修理を主な仕事にしていた。確かに日本全体が今よりはるかに貧しかったが、デパートには新品の靴がたくさん並んでいたので、靴の修理という仕事で暮らしていけるのが私には不思議だった。一度、修理済みの父の靴を取りに行ったことがあったが、代金は二百五十円だった。その時私は、靴の修理を頼みに来る人が一日に何人くらいいるのだろうと思ったものだ。だがそのシマウマのような顔をしたおじさんは私の登校時から夜が更けてみんなが眠る頃まで、キャンバス地のエプロンをして、小さなアイロンを逆さにした形の台に載せた靴の裏を張り換えたり、革を削ったりしていた。店の前を通ると、靴に塗るクリームや革の匂いがして、シマウマのような顔をしたおじさんは必ず子供に声をかけてくれるのだった。ケンちゃん、おはよう、車に気を付けんばいかんばい。

その靴屋を過ぎると、バス停までの、まっすぐな坂道に出る。あまりに急な坂道なのでほとんど車は通らない。その途中まで降りて振り返ると、視界が開けて、山の中腹へと通じる道がよく見えた。私は必ずそのあたりでしばらく立ち止まって、ヨシムラがヨロヨロと坂道を下ってくるのを待った。

Entrecôte de Taku poêlée aux fines herbes

多久牛のポワレ　粒マスタード入りの香草風味

佐賀県の多久牛を使用したポワレ。

肉を一度、オーブンで蒸し焼きしてから、

フランス産の粒マスタード、あさつき、セルフィユ、パセリ、タイム少々をまぶし、

オーブンで再び蒸し焼きする。

上等な肉に香草風味が加わり、まろやかに仕上がる。

ヨシムラは私の姿を認めると前のめりになって駆け出す。急な坂道だし普通でもヨロヨロした歩き方だから走りだしたりすると「止まれ、転んでしまうぞ」と叫びたくなるような不安定な格好になる。実際に転んで顔とひざから血を流してバス停に現れたこともあった。

「ケンちゃん、きょうは『ウエスト・サイド・ストーリー』のチャキリスのごたるスタイルで決めてみたばってん、どがんやろうか？」

ゼエゼエと今にも血とか臓物を吐いて死ぬのではないかという顔色でバス停に現れたヨシムラは、両手を開き、腰を少しかがめて、足を交差させ、指を鳴らして、クール、クール、クール、と呟いてみせた。蒸し暑い梅雨の土曜日だというのにヨシムラはあちこちがすり切れているコーデュロイのズボンをはき、ピンクの開襟シャツを着て、素足に、底が抜けそうな黒の革靴をはいていた。当時はコーデュロイとは言わずコールテンと言ったが、そのズボンは左右の長さが違って見えた。それはズボンの裾直しのせいではなく、ヨシムラの左右の脚がさまざまな怪我と障害で縮んだり折れ曲がったままになっていたりして、その左右の長さが少し異なっているためだった。

「チャキリス？」

と私は大声をあげてしまった。うん、とヨシムラはうなずいた。立っているだけでシャツが肌に貼り付いてくるような蒸し暑さなのにヨシムラはまったく汗を掻《か》いていない。ボクは絶対に汗を掻かない、汗を掻いたような記憶も一度もなか、と言ったことがある。新陳代謝などという機能とは無関係なからだなのだろうか、と私は思っていた。

「チャキリスに似とるやろ？」

ヨシムラはニコニコ笑い、ずっと指を鳴らしてそう聞き、コールテンのズボンとブカブカの革靴もきっとおばあちゃんが戦前に着ていたのだろうと想像されるピンク色の開襟シャツも、もちろんヨシムラのシュールでアンバランスな顔とからだも、当時大スターだったジョージ・チャキリスとは似ているどころか別の種類の生物のようだったが、ね、似とるやろ？　と念を押してくるヨシムラのあまりの迫力に負けて、私は、うん、似とる、と言ってしまったが、ヨシムラはジョージ・チャキリスだけではなくて誰にも似ていなかった。人間じゃなくてよくできたロボットだと言っても幼稚園児だったら信じたかも知れない。

やがて、私達を確実に繁華街まで連れて行ってくれる、クリーム色とオレンジ色に車体を塗り分けられた、幸福と興奮の象徴のようなバスがやって来た。

その頃、バスにはまだ車掌がいた。佐世保市営バスの車掌は暗い紺色の制服を着て、ヒールのない黒い靴をはき、ガマグチのお化けみたいなビニール地の鞄を首から下げていた。「次は松浦町でございます、お降りの方はありませんか？」「御乗車ありがとうございます、乗車券をどうぞ」みたいなことを告げて、切符を売り、ペンチのような道具で改札の穴を開ける。地味な仕事だが、当時は女性の社会進出が少ないこともあって、制服についてのエロチシズムにはうるさいヨシムラなどには看護婦と並んでオナニーの重要な対象だった。

「当たり、きょうは最初からついとるばい」とヨシムラが私を肘でつつき、パチン、パチン、と切符に穴を開ける車掌を顎で示した。ヨシムラの貧弱で尖《とが》った顎の先にいたのは、顔を白く塗り口紅をべっとりとつけて爪を長く伸ばしガムを噛んでいる小太りの女だった。

「あ、ムズムズしてきた」そう言ってヨシムラは手すりにつかまったままクンクンと腰を振って見せた。化粧をしている車掌は珍しかった。「間違いなか」とヨシムラはうなずいた。

「市バスに一人、一番気に入った客と中央公園のベンチで毎晩パンツば下げて横になる車掌のおるって聞いたことのある」

そんな情報をこいつはいったい誰に聞くのだろうと思ったが、ヨシムラはすぐ目の前に近づいた小太りで真白に化粧をしたおねえさんに話しかけていた。

「こんにちは、よか天気ですね」

ニコニコしてヨシムラはそう言ったが、小太りのお姉さんは、無視して返事をせず、私達の切符にパチンパチンと穴を開けただけだった。それが大人の女で、セックスの香りを漂わせている限り、一度無視されたくらいでヨシムラがあきらめるわけがない。

「ああ、よか匂いですね、ねえさん、資生堂の香水ばつけとるでしょ？」

資生堂という固有名詞に、小太りの女は振り向いた。

わかる？

ヨシムラは、わかる、ようわかる、すぐわかった、とうなずきながら、さらに半歩車掌に近づいた。車掌の後ろ姿が私のすぐ前にあり、首の下あたりに白粉《おしろい》と地肌の境界線が見えた。それは直線ではなく、ミシシッピ川やアマゾン川のように複雑に蛇行していて、汗のせいだろうと私は思った。ほぼ同じ身長の二人はカーブを曲がるバスに合わせてからだを傾けながらしばらく向かい合った。厚い雲が垂れて車内は暗かったのでヨシムラの土色の顔色もあまり目立つことがなく、逆にその笑顔とピンクの開襟シャツがさわやかな印象を小太りの女に与えたのかも知れない。あんたまだ中学生やろ？　と車掌はヨシムラに聞き、ヨシムラは、中学生ばってんもうちゃんと先は剝《む》けとるし家はばあちゃん一人しかおらんけん夜いつでも中央公園に行くよ、と答えた。

「ヤザキさんはなんでヨシムラ君と仲の良かったと？」

アオキミチコがそう言って、回想の映像が途切れた。確かあの時小太りの車掌は中央公園と聞いて顔色を変え、ヨシムラを睨《にら》むようにして私達から離れていったのだった。当時はラブホテルも少なく、公園や海岸や山の中は夜になるとみだらな場所となった。しかしもちろんその小太りの車掌が毎晩公園のベンチでパンツを下げて横になっていたかは疑わしい。

「いつも一緒に遊びよったけど」

そう言えばそうだけど、と私は曖昧《あいまい》な返事をして、自分とヨシムラの間には何があったのだろうと考えた。

「ヤザキさんは野球部にも入っとったし他にも友達のたくさんおったやろ？」

アオキミチコにそう聞かれて私はうなずいた。ヨシムラにはあまり友達はいなかった。ある教師が、花や庭木の世話をする五、六人の生徒のグループを、授業にまったく付いて来れない者を集めてつくった。ヨシムラは当然その中に入っていたが、彼はそのグループから脱《ぬ》けたがっていて、本当につまらないのだと、いつも私に悪口を言った。ケンちゃん、あれは人間やなかばい、ほらニワトリでも卵を産まんやつを一ケ所に集めるやろ、あれと同じ。

何かオレはヨシムラと一緒に居ると安心したような気がするな、私がそうアオキミチコに言った時、メインディッシュが運ばれてきた。佐賀県の多久《たく》産の牛のポワレ、粒マスタード入りの香草風味。

「おいしい」

皿に載った一切れを半分に切って、口に入れたアオキミチコが、それまでのすべての話を忘れた、というように呟いた。自分自身に呟くのではなく、私に向かって告げるのでもない、おいしい、という言葉は、吐息と共に自然に出てきたかのようだった。その多久の牛の肉を食べて、私も言葉を失った。ヨシムラのことで何かを言おうとしたのだが、そのことが喉のあたりで完全に消えてしまった。

私とアオキミチコはその肉の最後の一切れを食べ終わるまで喋るのを止めた。おいしい、という一言さえ出てこなかった。ブルゴーニュの赤ワインを私は二口飲んだ。そして、言葉が消えてしまうメカニズムについて考えてしまった。肉には粒マスタードとハーブの刺激的な味と香りが添えられているが、口に運び歯と舌で触れた瞬間に本来的な肉の味だけが残って、あとはすべて消えてしまう。そのことで、私はヨシムラに関する本質的なことを思い浮かべそれをアオキミチコに言おうとした。それは、ヨシムラと一緒に居る時の自分が一番自分らしいと思えた、というような意味のことだったが、口と喉いっぱいにひろがる肉の味が、あまりにも明確でしかもどこか残酷なほど快楽的で、思考と言葉が分断されてしまったのである。音楽を聞いていてもたまにそういうことがある。もちろんその場合の音楽は、不吉な感じがするほど美しいものでなくてはならない。

「こんなお肉、初めて」

とアオキミチコがやっと口をきき、オレもだよ、と言って私達は声を出して笑った。何か、とアオキミチコが言った。

「何か、ただのお肉やなくて、生命っていうか、命そのものを食べたごたる気のする」

オレはね、と私はグラスの赤ワインを飲み干してから言った。オレはね、あの肉を食べてる時に本当に変なことを考えてしまったんだけど、それは、ちょうどマスタードとハーブが肉の本来の味を引き出すみたいにね、オレ達はいろんな人間と会う度に違う人格になっているような気もするんだ、気が変になるとかそういうことじゃないよ、例えばアオキとこうやって喋っている時のオレと、自分の息子と喋っている時とでは少し違うってことなんだけど、わかりにくいかな？

「何となくやけど、わかる」

とアオキミチコは言った。

「うちも、こうやってヤザキさんと一緒の時の自分と、家族と一緒の時とは少し違う、このレストランが豪華だとか、ヤザキさんが有名人だってことは関係がなくてね」

それはまあ、他人に映る自分を見ることによってしか自分を確認することはできないってことだけど、あの肉を食べてさ、そういうことにハッと思い当たってね、でも、あまりにも完璧な味だったんで、そういう考えそのものがバカバカしくなった……。私は、妙に緊張していて、ソムリエが注ぎ足した赤ワインをさらにグラス半分ほど飲んだ。メインディッシュが終わって、ワインの酔いもあり、私とアオキミチコの間に心地良い弛緩《しかん》が訪れた。この二十数年振りに会った懐かしい初恋の女性の顔をただ眺めているだけでよくて、その他のことはすべてどうでもいいことのように思われた。私はアオキミチコの顔、昔の面影がその大きな瞳や口元、顎のラインに残る顔を煙草を吸いながらただ眺めていた。すると、喉の隅に残っていた粒マスタードの刺激がふいによみがえり、それと同時に肉の味の記憶がからだを縦につらぬいたような感じがして、自分でも説明のつかないセンチメンタリズムにとらわれた。生命そのものの残り香が、センチメントに姿を変えて襲ってきたような感じだった。中学時代のアオキミチコの顔と声とその動作までが鮮やかに映像として音を伴って、目の前を横切ったのである。それは、教室の入口からからだを半分出して、胸のあたりにノートと教科書を持ち、ややうつむいて、上目づかいに私を見る十四歳のアオキミチコだった。ヤザキさん、クリスマスは女子だけでちょっとパーティばするけん、ビートルズかハーマンズ・ハーミッツのレコードば貸してくれん？　十四歳のアオキミチコはそう言った。その映像は長いこと消えなくて私は強烈なセンチメントに襲われ続けた。失われた日々、失われた時間はどうあがいても手に入らない、という切実な思いである。

だめだ、と私は言った。

「どがんしたと？」

アオキミチコは眉間《みけん》に少し皺を寄せて私を見た。

なぜだろう、急にアオキミチコの中学時代の顔を思い出してしまった、なんか、死ぬほど懐かしかったよ、私がそう言うと、アオキミチコはえくぼのある微笑みを浮かべた。そして、感傷、と呟いた。

「ヤザキさんでも感傷的になることのあるとね、少し、びっくりした」

いや、オレは本当はグシャグシャのセンチメンタルな人間なんだよ、そう言った。だから、センチメンタルにならなくて済むものを必死に追い掛けているだけなんだ、

「ヨシムラ君のことでも考えたら？」

アオキミチコはずっと微笑みを続けている。

そうだ、ヨシムラは不思議な友人だった、あいつといる時、とても気が楽になって、その時の自分がとても自分らしいのだと中学生なりに思ったものだ。あの蒸し暑かった梅雨の土曜日、私達はデパートの前でバスを降りて、アーケードを歩き、バーやスナックの並ぶ一角にある小さな映画館までやって来たのだった……。

Gâteau chocolaté au gingembre

ショウガ風味のチョコレートケーキ
洋ナシのシャーベットとキャラメルのアイスクリーム添え

カカオ風味のスポンジケーキを焼き、シロップを軽く塗り、

ガナッシュ（チョコレートと生クリーム）を流して、その上にショウガの砂糖煮を並べる。

そのスポンジケーキを3段に重ね、

仕上げにカカオと粉砂糖をふる。独特の味わいをかもす一品。

私はクリーム色のコットンのパンツに半袖のチェックのシャツを着ていた。その当時はTシャツというものがなかった。襟のない半袖の丸首シャツは下着しか存在しなかった。もちろん米軍の兵隊達は白やカーキ色のTシャツを着ていたが、下着姿で外に出る下品な連中と考えられていた。Tシャツが認められたのはもっとずっと後、一九七〇年代の後半に入ってからで、前や背中に絵や文字をプリントしたものが出回ってからである。L・Aのディズニーランドに行き始めた日本人がTシャツを広めたという説もあるが、要するに一九六〇年代の前半にはTシャツは存在しなかったのだ。ポロシャツもなかった。ペンギンやワニやパイプや熊や傘のマークが入ったポロが日本に入ってくるのももっとずっと後のことである。

『夜』シリーズの映画を見る時にはファッションは重要なポイントだった。切符売り場には、暗くてよく見えないのだが、独特の雰囲気を持つおねえさんが坐っていた。デパートの真向かいにある封切館と、これから私とヨシムラが何とか入ろうとしている場末の歓楽街にある三番館では、切符売りのおねえさんに明らかに差があった。もちろん三番館のおねえさんのほうが、暗い目をしていた。全身に疲労感を漂わせ、髪の毛の一本一本にも不幸という言葉が染み込んでいるかのような、甘えは許されないという緊張に充《み》ちていた。ヨシムラは、そういうタイプのおねえさんのほうが好きだといつも言っていた。エッチな香りのするのは不幸なほうばい、なぜかって言うたら、幸福やったら別にエッチだけに頼らんでもよかやろうが……エッチという概念が加わるとヨシムラの考え方は常に的を射て間違うということを知らなかった。

『夜』シリーズは成人指定ではなかったが切符を買うのはそう簡単ではなかった。そしてそういう時にヨシムラは誰もかなわない才能を発揮するのだった。ケンちゃん、とヨシムラは、映画館の前で言った。あたりは、スリップ一枚の女が肩口に刺青《いれずみ》をしたヤクザの情夫と路上で言い争いをしてたり、昼間から酔い潰れた黒人ＧＩがＭＰにジープで運ばれたり、チェーンや木刀を隠し持った高校生のグループがカツアゲやコマシの獲物を求めてぞろぞろと行ったり来たりしているような、健全な街並みである。

「なるべく、純情そうにふるまわんばダメばい、入ろうか、入るまいか、何度も迷った末に、顔ば真赤にして入るっていう、いつものコツば忘れたらダメばい」

こいつはピンク色の開襟シャツを着て本気で純情そうに見えると思っているのだろうか、と私は不安になった。それにヨシムラは小学生より背が低いのだ。レッツゴー、とヨシムラが声を出して、まず私達は切符売り場の前に貼り出してあるスチール写真を眺めた。

「ケンちゃん、今から五秒後に、一度、撤退するけんね」

スチールには裸の女がたくさん写っていた。ストリッパーのものが多かった。下半身を隠す小さな三角形と、乳首を隠す何か房のようなものが私を捉《とら》えて離さなかった。腰を被っているものについてはヒモがあったしわかりやすかった。しかしおっぱいの先の、隠していると言えば確かに隠しているのだが、乳首がそこにあることを強調している感じさえするその馬の尻尾《しっぽ》のようなものについてはどう考えてもわからなかった。ノリとかセメダインでくっつけているのだろうか？　だとしたら外す時にはどうやるのだろう？　私が茫《ぼう》然《ぜん》として目を奪われていると、ヨシムラが手を引っ張って、撤退、撤退、と耳打ちした。そのような進出と撤退を三度繰り返し、よしもうよかやろ、というヨシムラの判断で私達は切符売り場に向かった。

「大人、二枚」

私は通話孔に向かってそう言い、右手がやっと入る半円形の穴から千円札を二枚差し入れた。

「生年月日ば言うてごらん」

ガラスの向こうからそう言われて昭和二十一年二月十日と私はオドオドした声で答えた。ガラスの向こうから、十三歳の少年の自律神経をくすぐるような笑い声がした。赤いマニキュアの塗られた細くきれいな爪が千円札を引っ張り、お釣りを戻してよこした。

「こがんエッチか映画ば見て、年も嘘ばついてから……ヤザキ先生の心配さすよ」

切符を二枚差し出しながらそう言われて、私は驚いた。私の両親は共に教師で、何千人という教え子がいるはずだった。しかしどうして私がその息子だとわかったのだろう？あの、すみません、私は通話孔ではなく半円形の穴に口を近づけて言った。あの、父か母の教え子の方ですか？

「まだあんたがヨチヨチ歩きの頃から何回かお家に遊びに行ったことのあるとよ、三年くらい前までは絵も習いに行きよったし」

あの、ボクは映画研究会とヨーロッパ文化研究会に入っとってですね、うちの中学にはそういうサークルがあるとですよ、で、うちのオヤジもオフクロも最近年で心臓とか悪らなってですね、両親にばれたらどうしようという焦りで私はパニックになっていた。

「はよ、映画館に入りなさい」

おねえさんは優しい声でそう言って、半円形の穴からは彼女の顔の下半分だけがぼんやりと見えた。

「うちももう先生には会われん立場になってしもうたけん、言いつけたりせんけん、もうはよ映画館に入りなさい、そがんところでグズグズしとったら今度は補導の先生に見つかるよ」

そういうやりとりをヨシムラがニコニコしながら見ていた。

「ヨシムラ君は、今でも元気にしとるとやろうか？」

デザートがたくさん並んだワゴンを見つめながらアオキミチコがそう言った。ヨシムラは中学を卒業すると集団就職で関西に行った。駅まで見送りに行ったが、ヨシムラはまったく似合わないブカブカの背広を着て死人のような顔で寝台列車の座席に坐っていて、私を見てもいつもと違って笑いかけたりはしなかった。

「確か、集団就職で大阪に行ったよね、今はもう集団就職ってなかやろ？　うち達の頃が最後やったとやなかろうかね」

アオキミチコはまだデザートのチョイスを済ませていない。係の人が「どうぞ、ゆっくり選んで下さい、何でしたら少しずつ全部お召し上がりになっても結構ですよ」と微笑んでいる。デザートを選ぶ時が最も楽しいとおっしゃる女性のお客様がよくいらっしゃいますからね……カルヴァドス風味のムース、ガトー・フォーレ、ノワール、グラン・マニエ風味の冷たいスフレ、イチゴのミルフィユ、シャーベットとアイスクリーム類はキラキラ光る銀の容器に入っている。お菓子好きの女性じゃなくて、例えば二十数年振りに会った初恋の相手と向かい合って坐る中年の小説家にとってもそれは他にあまりない心躍る楽しい時間である。とても選べないわ、とアオキミチコは言った。何かお勧めのものをそちらで選んで下さい……どのデザートも、その形や色からして私達のイメージを越えている。私もアオキミチコも、わけのわからない感慨にとらわれている。ヨシムラが身近にいた頃、こういうデザートはこの佐世保という街のどこにも存在しなかった。

あの、集団就職の出発の日ヨシムラは、隣に私が坐ると、幼児のようにふいに泣き出した。失神したり、倒れたり、怪我をして血を出したり、血を吐いたり、けいれんしたりするところはそれまで何度も見ていたが、泣くのを見るのは初めてだった。ヨシムラ、と私は言った。大阪には美人のいっぱいおるらしかぞ。ヨシムラは首を振って、おばあちゃんから涙を拭いて貰い、まあ無理やろね、と言った。ボクにはようわかっとる、中学生は制服も着とるしみんな平等に中学生ばってん、これからは違う、そう言って列車の窓の外を見た。ベルが鳴って、じゃあな、と私が降りようとすると、あのさケンちゃん、と真剣な顔で言った。ケンちゃんはおとうさん絵の先生で絵も上手やし文章もうまかやろ、将来、映画ば作る人になったら？　もしケンちゃんの映画のできたら、ボク、必ず見るけん。私はその当時は将来医者になろうと思っていたが、ヨシムラに、わかった、と答えた。映画作るよ、と言うと、楽しか映画ばい、ケンちゃん暗か映画なんか作ったらダメばい、ヨシムラはうれしそうに笑った。

「こういうの食べてるとだめね」

デザートを口に運びながらアオキミチコが笑っている。デザートは、ショウガ風味のチョコレートケーキ、洋ナシのシャーベット、それにキャラメルのアイスクリームが付いている。

「話したかったこととか全部忘れとる、ヤザキさんにいろいろ聞いて貰おうと思うとったとに」

最高のレストラン、最高の食事とデザート、それらを味わっている時に突然泣き出してしまった女性を私は三人知っている。それぞれ場所は違った。一人はフランクフルト郊外にある古城ホテルのレストランで、二人目は南フランス、エズ・ヴィラージュの断崖に建つホテルのダイニング、もう一人はイビサ島のヌーディストビーチの傍にあるシーフードのパエーリヤハウスだった。なぜ泣くのか？　何か怒ったのか？　イヤなことがあったのか？　私はそう聞いた。三人共、答えは同じだった。

わからない、ただ涙が出てきた……、

「ヤザキさんに聞いて貰おうと思っとったことがものすごくバカバカしく感じてしもうて」

息子のことだろ？　オレにも息子がいるから答えられることだったら答えるよ、私はそう言ったが、アオキミチコは、つまらんこと、と首を振った。中学時代の面影が濃く残っているアオキミチコの目と口元、それに前髪を左手の指で掻き上げる仕草を見ていると、三人の女達が泣いた理由がわかるような気がしてきた。最高のレストラン、最高の食事とデザート、できればずっと一緒にいたいと思っていてずっと一緒にはいることができない恋人、そんな瞬間が永遠に続くわけがない。完璧な食事やデザートに代表されるようなものばかりが現実を構成しているわけではない。今食べているショウガ風味のチョコレートケーキにしても、単なるお菓子の領域を越えて、ある抽象性さえ感じてしまう。これほどまでに手間をかけ、材料と調理法を吟味し、厳密に科学的に作られたお菓子がこの世の中に本当に必要なのだろうか、というようなことまで考えてしまう。ヨーロッパの、それも一部の特権的な人々はきっとそういう感慨もなく自然によくできたデザートとして味わうことができるのだろう。

「ヤザキさんは、いつもこがんレストランでこがんおいしかものを食べよるっていうイメージのあるよ」

アオキミチコがそう言って、私は食後酒にアルマニャックを頼み、一口飲んでから、バカ言うなよ、と首を振った。

そんなことに意味はないよ、

「たまに食べるけんおいしかってこと？」

本当においしいものは毎日食べても飽きない、そういうことじゃない、

「だったら、食べればよかって思うけど」

うまいものを食うために生きてるわけじゃないだろう？

「おいしいものを食べるために生きてるって平気で言う人もおるよね」

うん、そういう人もいる、

「ヤザキさんは違う？」

違う、

「よかった」

と、アオキミチコは笑った。

「また会えるやろか?」

うん、また会えるよ、

「なぜヤザキさんはいつもそうやって何でもわかっとることみたいに言えるとやろうか?

ね、なぜうちとまた会えるって思うと?」

会おうとずっと思ってればまた会えるんだよ、そのためにはどうすればいいかちゃんと考えてね、必ず会うぞとずっと思ってれば必ず会える、

「全然変わっとらんね、昔と」

アオキミチコはそう言って、また笑った。そんなことはなくていろいろ変わったところもあるよ、と言おうと思ったが止めた。

タクシー乗り場まで送り、別れる時にアオキミチコの手を握った。考えてみれば、二人で食事をしたのも、手を握ったのも、初めてだった。

二度目の夜

Rillettes de lapin aux fines herbes

フランス産　仔ウサギのリエット　香草風味

リエットは、仔ウサギの肉にバターで焼き色をつけ、
ニンジン、玉ネギ、セロリを加え、白ワインを何回かに分けて注ぎ、
香草を入れ、蓋をしオーブンでゆっくりと煮上げる。
その後、ミキサーにかけて、さらに、漉して作る。
トーストしたパンに、まずトマトとニンニクのみじん切りと香草を
煮つめたものをのせ、その上にリエットをのせる。
取り合わせが絶妙な一品である。

東京へ戻ってからもよくアオキミチコのことを思い出した。電話をしてみようかと何度も思ったし実際に受話器を手にとって番号のキーを押したこともあるが呼び出し音が聞こえてくる前に切ってしまった。中学時代の照れや緊張がよみがえってしまったわけではない。別に話すことがなかったのだ。「この前は楽しかった、また会いたい」それだけのことを言うのにも、この年になると動機のようなものが必要なのだ。

アオキミチコの顔を思い出すのはあまり元気がない時だった。寝不足の時、仕事が過密でその合間にオン・ザ・ロックを一杯飲んだ時、二日酔いで何もする気が起きない時、首都高速でひどい渋滞に巻き込まれた時、だからと言って彼女が私の中でマイナスに作用してくるわけではない。アオキミチコは感傷の発生源として私の中に潜んでいる。浮かんでくる映像は中学生の頃のアオキミチコと、現在の彼女とが複雑に混じり合ったものである。ハウステンボスのあのレストランで向かい合って坐《すわ》っているのが中学生のアオキミチコだったり、懐かしい校舎の隅や運動場の砂場の横で並んで話しているのが現在の完全に中年になった彼女と私だったりした。

お前は何かを期待しているのか？　と何度も自分に聞いた。四十を過ぎて、中学時代の初恋の女と何かストーリーを作りたがっているのか？　ワンピースの上からでもアオキミチコのからだのたるみがわかった。今のアオキミチコのからだに手を触れることが許されたとしてお前は何を手に入れたことになるのだ？　そんなことをして何かの自信になるのか？　そんな問いを自分に向けても、結局のところ、自分は正直には答えることができない。

高校の頃にしばらく付き合った女性と二十年振りに会ったことがある。彼女は英語劇部で全男子生徒のアイドルだった。卒業してすぐに私は失恋した。彼女は九州大学に行ってた二年先輩の医学生と恋に落ちたのだった。今、その医大生はフランクフルトの心臓病研究所にいて血液免疫学の世界的な権威になっている。その彼との間に二人の子供がいて、会った時は彼女の家族が全員一緒だった。「この人は、昔、ママのボーイフレンドだったんだよ」とその彼が子供達に言って、「そうじゃない、君達のママはみんなのアイドルで、ボクも好きだったんだけど、パパが結局勝っただけなんだ」などと言ったりして、その時私はまるでアメリカの青春映画のようだ、と思った。彼は、私と彼女を三十分ほど二人きりにしてくれた。私達にはたくさん話すことがあった。それは、私達が一九六〇年代後半を基地の街で高校生として過ごした記憶を共有しているからだった。私は再会の後、数回ドイツに国際電話をかけた。

中学時代は違う、中学の頃の思い出はまるで別の惑星で起こったことのように、新鮮で、完結している。中年男となってアオキミチコに電話してもその輝きのようなものは決して再現されない。高校時代のように、抽象化もできない。絶対に研磨を許さない宝石の原石のようなものだ。私は中学時代が好きだ。

恐らく、あの時期に、すべての本質的なことが既に起こっていて、今それを変えることなどできないのである。

夏、キューバのバンドを呼んだキャバレー形式のイベントも終わり、秋と冬が交錯する頃に私はまたハウステンボスを訪れた。長崎市で午後に講演会があって、泊まりをハウステンボス内のホテルにしたのである。

「ヤザキさんも少し痩せたね」

前回と同じようにホテル・ヨーロッパのロビーで待ち合わせて、バーで一杯飲んでからレストラン『エリタージュ』へ、アオキミチコと一緒に来た。夏に、キューバのバンドと一カ月近く付き合ってレコーディングとか大変だったからね、と私は言ったが、アオキミチコも前と比べるとウエストのあたりがすっきりしていた。この前の夜は、地味な色の全体的にルーズなワンピースだったが、二度目の夜は違った。ウエストとヒップのラインが浮き上がって見える赤いスーツを着てきた。ヤザキさんも、という言い方は、わたしだいぶ痩せたと思わない？　ということだろうと思い、ドライシェリーで乾杯した後そのことを褒《ほ》めた。

「そう思ってくれる？」

とアオキミチコは嬉しそうに笑った。

「ヤザキさんに会うために痩せたって思うとるやろ？」

そう言われて返事に困っていると、それもあるよ、もちろん、とまた笑い出した。

「あの後にね、家にセールスマンの来てね、下着の、そいでうちのからだば見て、おしゃれなやつのありますていうて見せてくれたとが昔のブルマのごたる下着でね、うちはこがん下着しか似合わん女になってしもうたとやろうかって少しくやしくてさ、それでまたヤザキさんに会うこともあるやろうし少し痩せんばいかんと思うてね、水泳教室に通うようになったとよ。八キロも痩せて、このスーツも全然入らんようになっとったとに、主人が一番びっくりしとった」

いつものようにモンラッシェの白の栓が抜かれて、最初の皿が目の前に置かれた。仔ウサギのリエット、香草風味。アオキミチコが私とこうやって食事をすることを彼女の夫はどう思っているのだろう、と私は余計なことを考えてしまった。水泳教室で八キロも痩せて、とっておきの赤いスーツを着てでかけていく妻をどんな気持ちで見送るのだろうか？

ここから長崎市内まではタクシーでも一時間はかかる、帰るのは深夜になるはずだ、しかも芸術品のような料理と、すばらしいワイン、もし自分だったらどうだろう、と私は想像した。自分の妻が、同級生だった男とディナーを共にする、シェイプアップしてそれまで何年も着ていなかったとっておきのスーツを身につけて念入りに化粧しているのを見る、そういう時、「じゃあ、行ってくるわね」という妻に、「楽しんでおいで」と言えるだろうか？

何てことを考えてるんだろうと思いながら、仔ウサギのリエットを一口食べた。口に入れたとたんに、あ、例の感触だ、とわかった。口腔《こうくう》内の粘膜、舌、歯、喉《のど》と感触は移動するが原理は同じだ。ある何かが際立って浮かび上がり次の瞬間に滅びる。それが失われる直前に何かが代わりに現れるが喉に感触が移った時にはすべてが消え去っている。リエットは保存食の一種だから例えばスープなどよりも消えゆく過程がやや長い。いつまでもこの味に浸っていたいと思うのだが、瞬間だからこそ価値があるというあきらめと共に、何か貴重なものを破壊して自分のからだにとり込んでいるという罪悪感さえ覚えてしまう。官能とは決して長続きしないものだ、と納得してしまう。永遠に踊り続けるバレリーナはいないし、モーツァルトの楽曲もいつかは終わってしまう、そんなことを考えてしまう。そしてそれ以外のこと、官能と無関係なことはいつの間にか五感から追い出されてしまっている。シャサーニュ・モンラッシェの黄金色の輝きと、仔ウサギのリエットという最初の小品、アオキミチコの微妙に恥を帯びた笑顔、それ以外にこの瞬間必要なものは何もないと思ってしまう。彼女の夫が子供達と共にいて今何を考えているのか、そんなことは本当にどうでもいいことなのだという思いがからだのすみずみまで浸透するのだ。

アオキミチコは小品を食べ終わった後、ワインを二口ほど飲み、笑みを消して、窓の外をしばらく見つめた。窓の向こうには、運河に映る灯《あか》りと、石と煉瓦《れんが》で造られた建物が見える。

視線を戻したアオキミチコは私に向かって笑いかけようとして止め、急に、自閉症という病気をどう思うか？　と聞いた。

何でそんなことを聞くんだ？　そう問い返しながら、ひょっとしたら彼女がこの前会う時に言っていた相談とはそういうことかも知れないと考えた。

「中学二年の息子がね、どうしてうちの家はお客さんがないとねって、最近そのことばっかりしつこう聞くとよ」

お客？

「よその家に遊びに行くやろ、そしたら、その家の兄妹やら母親やら、友達ば家に呼んで何か食べたりお茶飲んだりして、にぎやかにしよるところをよく見るらしくて、なんでうちの家はいつも家族だけなんかって、閉鎖的やねって言うと」

それで、

「家が閉鎖的で、自分はどんどん自閉症になっていくごたる気のするって、友達がみんな離れていく気のするって言うとやけど、ヤザキさんどがん思う？」

自閉症はそういうもんじゃない、本当の自閉症児は自分が自閉症だなんて言わないよ、

「うちもそう思う、でも、息子には何て言えばよかやろうか、学校にもあまり行きたがらんし」

やれやれ、と思いながら私は、御主人の職業は？　と聞いた。相談が本格的に始まるのだろうか。

「教師、小学校の」

私の両親も教師だった、

「おとなしか人でね、長男が、少し熱のあるけん学校休むって言うたら、無理せんで寝とけって言うごたる人で、うちはイライラして学校に行きなさいって言うとばってん、夏休みの終わってから、だんだん休む日の増えてしもうて、最近はあんまり主人ともうちとも話もせんようになって」

男の中学二年っていうのはけっこう難しいんだよ、と言いながら、私はアオキミチコがなぜ突然長男の話を始めたのだろう、と考えていた。

「でも、ヤザキさんは元気やったやろ？　二年の頃は違うクラスやったけど、今の季節、サッカーをしよったやろ？　うち、ヤザキさんには、先生に文句言いよるところか、先生から怒られたり殴られたりしよるところか、サッカーとか野球ばしよるところか、笑いよるところしか記憶になかもん」

それは違うよ、だったらオレが元気だけがとりえのアホみたいじゃないか、

「アホとは思わんけど、そういうほうがわかりやすかやろ？　うちの長男はようわからんけんね」

アオキだって教職課程をとってさ、オレなんかより児童心理学とか詳しいはずじゃないか、オレは今の子供のことなんかよくわかんないよ、でも、一つ憶《おぼ》えてることがあって、中二の時だったよ、オレのオヤジは家族でドライブとかピクニックとか行くのが好きな奴だったんだ、何ていうか、今で言うとアウトドアライフのはしりだったんだろうけどね、オヤジは今でもレンジローバーとか乗って喜んでいるんだけどさ、小さい頃は、ドライブもピクニックもキャンプも本当に楽しかったよ、二人とも教師でそんなに金があったわけないんだけど月賦で軽自動車を買ってさ、あまり人が来ないところを探してただそこで御飯を炊いて、カレーとかつくって食ってその後バドミントンとかするだけなんだけどね、小さい頃はすごく楽しかった、ちょうど、中二の今頃だな、サッカー部がいろんなクラブの中から選手を引き抜いてできただろ？　オレも選ばれちゃってさ、野球部から六人、バレーボールから三人、バスケットから二人、陸上から二人、剣道から一人だったっけな、今で言えばオレはミッドフィルダーで、あの頃はそんな名前じゃなくてハーフって言ってたけどな、ハーフはとにかくセンタリングを上げるだけみたいなシンプルなサッカーでさ、オレは当時の子供には珍しく左右どちらでもボールを高く蹴《け》ることができて、野球部で二

遊間を組んでたハマノがヘディングがうまかったから、オレ達はよく二人でセンタリングとヘディングシュートの練習をしてたんだ、中二になってから、何となく家族一緒のドライブやピクニックがうっとうしくなってたんだけど、オヤジのことは嫌いじゃなかったし、オレは自分の親にせよ他人をがっかりさせるのがイヤな性格だから、ケン坊、きょうは大村湾で釣りしてバーベキューするぞ、なんて言われると、しぶしぶ、という感じで一緒に出かけてたんだけど、ある日、ちょうど今頃ね、三年生とのゲームが来週に控えてて、オレはハマノとサッカーの練習をしたかった、右でも左足でも百発百中のセンタリングを上げたかったんだ、さあケン坊きょうは弓張岳の裏に凧《たこ》でも揚げに行くか、なんてオヤジが言った時に、初めてだよ、本当に生まれて初めて、イヤだ、と言ったんだ、勇気が要ったよ、でも、どうしてもセンタリングの練習がしたかったんだ、ハマノの頭のあたりにスーッと落ちていくようなボールを、蹴りたかったんだよ、中二だった、その日のことは忘れないよ……。

Sauté d'oreille de mer et petit ragoût d'aileron de requin

五島産　鮑のソテーとフカヒレの煮込み

鮑は、クールブイヨンでゆっくりと煮立てた後、薄切りにし、
プロヴァンス・バターでソテーにする。
フカヒレは戻してから、チキン・スープで軽く煮て、
ショウガ、ネギ、ニンニクとともに、コンソメと白ワインで煮つめ、
鮑のソテーのわきに添える。フカヒレのゼラチン質と鮑の歯ごたえのバランスもよく、
全体から海のエキスが香る。

アオキミチコは白ワインのグラスを両手で持ち軽く揺らして香りを楽しんで一口飲み、私の話を聞き終えた。

「ヤザキさんは全然変わっとらん、話し方とか、声とか」

そんなことないよ、だって昔は九州弁だったじゃないか、声だってもう中年だからだいぶかすれてきたしさ、私は長く喋《しゃべ》ったせいで喉が渇き、ワインではなく水を飲んだ。燕尾《えんび》服《ふく》を着たウエイターがミネラルウォーターをグラスに注ぎたしながら、次の御料理は大変懐かしく感じられるのではないでしょうか、と言った。五島産の鮑《あわび》のソテーとフカヒレの煮込みを合わせたものです。

「うちの長男とヤザキさんは全然違うと思う」

アオキミチコは前回よりも白ワインをよく飲む。長男のことが気になっているのだろう。学校に行きたくないという子供は、ただ学校だけが嫌いなのではない。

基本的には同じだよ、元気があるとかないとかそんなことじゃないんだ、オレだって何かが少し違ってれば学校を拒否したかも知れない、

「嘘」

アオキミチコが右手で口を被って笑いながら言った。

「あの頃は、ヤザキさんだけじゃなくて、うちの長男のごたる生徒はおらんやった、今はね、知っとる？　四、五人登校拒否児童のおるクラスもあるとよ、なんで昔はなかったとやろ」

豊かになって心が貧しくなったってよく言うよね、

「それは本当？」

嘘だよもちろん、そんなことじゃないよ、すごく複雑な理由がある、いじめとかそういう問題だけじゃない、私は面倒な話題になってしまったな、と思いながら、対人恐怖症における日本とアメリカの違いを説明した。つまり、アメリカではある集団でもカップルでも常に自己主張を必要とされるので他人と付き合うためにはエネルギーがいる。だから外因的なうつ状態になったり病気で体力が落ちたりした時に、対人恐怖に陥る場合がある、日本では家族を含めた集団の中で逆に自己主張がタブーになっていることが多い。暗黙の了解という重圧があって、好ましい人間関係のモデルがありそれを維持していかなくてはいけないという強制力が作用している。それで人前に出るのが辛くなるのが日本的な対人恐怖だ。

「日本型からアメリカ型への移行の過渡期っていうこと？」

アオキミチコがそう言って、私はまた首を振った。本当に難しい話題になってしまった。

黄金色のモンラッシェはたぶん対人恐怖症を話題にしながら飲むものではないような気がする。別に、早くベッドに行きましょう、というニュアンスが会話の中にある必要はないが、自閉症の長男、というテーマを扱うには、香りが官能的すぎる。

違う、この国のシステムそのものは何の変化もしていない、よりでたらめになっているだけだ、しかも、誰も本気で怒っていない、それはやるべきことがイメージできないからだ、世界に対して、それが他の惑星ででもあるかのように目と口を閉ざしているから、あとできることと言えば腐ることとくらいしかないんだ、国家的な目標はつい最近まで円を強い通貨にすることで、その後は、ひたすら資産を溜め込むことに変わった、成功者で、あいう人になりなさいと言われている金持ちで立派だとされる大人達は海外の不動産や会社を買うことに熱中したわけだろう？　有名なイベントのスポンサーになるのも同じことだよ、外部が存在しないから、集団の結束を図るためには、常に犠牲者を準備しなくてはいけない、いじめが起きるのもそのためだし、自分だけの価値観を持つことさえ禁じられてるんだ、大人より敏感な子供達が、窒息しないほうがおかしいよ、

「じゃヤザキさんは、うちの長男みたいな子のほうが正常だっていうわけ？」

そうじゃないよ、私はまた水を飲んだ。自閉症気味の子が正常であるわけがない、ただ敏感で、正直なんじゃないかな、

「うちの長男には、どがんすればよかとやろうか？」

お前教師だろうが自分で考えろよ、と喉まで出かかったが、止《や》めた。初恋の相手に、そんなことは言えない。

「うちはね、ヤザキさんのごたる生徒になって欲しかとよ、長男にね」

そりゃどういうことだよ、オレみたいな息子だと面倒が多いぞ、

「ね、会《お》うたら一度聞いてみようと思うとったとやけど」

何だよ、

「なんで、あれほど先生に反抗したと？　ヤザキさんは他の生徒と違うて、牛乳瓶とかレンガで叩かれよったやろ？　ヤザキさんば殴っとらん先生ってあの中学におらんやったとやなかやろか、そいであの音楽の新任の先生のピアノにミミズばいっぱい入れたりしたやろ？」

ムカデだよ、

「怒られても怒られても、殴られても叩かれても止めんやったやろ？　うちは、この人は頭のおかしかとやなかやろかって思うとったもん」

目立ちたかった、そう言うと、ああそれはようわかる理由、とアオキミチコはまた右手で口を隠して笑った。

いや誰にでも目立ちたいわけじゃないよ、例えばアオキにさ、顔とか名前とか憶えて欲しかったんだ、

「それやったら、あんだけ反抗する必要はなかやろ？　勉強もようできたし、野球とかサッカーとかもしよったし」

オレはそんなに反抗してたか？　私は自分が異常な中学生だったように思えてきて、そう聞いた。

「うん」

参ったな、自分が異常な人間に思えてきたよ、

「異常よ」

そういう風に言うなよ、

「変な意味やなかとよ、なんでここまでやらないけんとやろうかって本当に思うたもん、不良とは違うし、誰からも相手にされんけん先生につっかかっていったわけやなかやろ？」

オレは自分では普通のつもりだった、私はそう言って、モンラッシェを二センチほど飲んだ。

アオキがそういう風にオレのことを見てるって知らなかったよ、そう言えばそんなこと話したことなかったもんな、

「ヤザキさん」

アオキミチコが顎《あご》を両手で支えてじっと見つめてきたので、そろそろ自閉症の話は止め

ようぜ、という意味も含めて、何だい？　と私も彼女を見つめた。

「あんだけ、先生に反抗して殴られてさ」

何だまだその話の続きか、と私は思った。

「自分で、楽しかった？」

そう聞かれて、軽いエアポケットに入ったような感じがして、すぐに何か言おうとしたのだが、言葉が見つからなかった。楽しかったかって？　変なことを聞くやつだな、と考えていると、やがて二番目の料理が運ばれてきた。鮑のソテーとフカヒレの煮込み。マイアミのデートクラブで女を二人呼んだら、シャロン・ストーンとマドンナが来てしまった、という感じの料理だった。鮑とフカヒレはお互いに作用し合って、それぞれの味を際立たせている。そして、皿全体から海のイメージが五感に漂ってくる。強烈に、直接的に海の匂いがするわけではない。アレンジされているのがわかる。ドビュッシーの曲の向こう側にノルマンディの海をイメージしてしまうのと似ている。だから逆に海のものを食べているのだ、という素朴な思いを持つことはない。海がアレンジされていて、つまりその一部は隠されているために、海そのものを把握しようとする感覚は飢えを感じてしまう。その結果、頭の中に海の映像がますます広がっていってしまうのである。

「夏休みに、海に行ったやろ？　憶えとる？」

アオキミチコも同じイメージを持ってしまったらしい。

憶えてるよ、と私は言った。

アオキの水着姿を見たのはあの日が最初で最後だったからな、

「ヤザキさん、白浜の海岸で、サザエを採るぞって、海に潜ったやろ？　白浜のごたる砂浜ばっかりの海にはサザエなんかおらんって佐世保の子供なら誰でも知っとるとに、一個や二個やったら絶対サザエはおるて言うて、ずーっと潜っとったやろ？」

オレは潜るのが得意なんだよ、サザエだって三百個くらい採ったことがあるよ、近所にオフクロが配って回っても六日間くらいサザエ料理が続いて五日目にオヤジが怒りだしたけどね、

「そういうことじゃなくて」

鮑とフカヒレをきれいに平らげて、アオキミチコは、グラスに残っていたモンラッシェを一息に全部飲んだ。頬《ほお》が赤くなっている。自閉的だという彼女の長男が、楽しそうに笑いながら最高級の料理とワインを味わう母親を見たら、何と思うだろうか？　鮑とフカヒレがすべて喉を滑り落ちた後でも、海の印象は消えない、静かな夕暮れの波打ち際のように、いつまでも優しく揺れ続ける。

「カエルの解剖も憶えとる？　食事の時にあれやけど」

いや、それは憶えてない、

「食用ガエルやったやろ？　そしたら、カエルはフランスや中国では貴族の食いものだっ

て言うてから、アルコールランプで焼いてみんなに食べさせようとしたやろ？」

思い出した、

「みんな食べんやったけどね、白浜でもサザエは採れんやったけどね」

アオキミチコが何を言おうとしているかがわかってきたような気がした。

何を言いたいんだよ？　私はアオキミチコの赤く染まった頬を見ながら促した。端正なつくりの女性の顔から緊張がとれていくのを見るのはいいものだ。そう言えば下心なく女性と二人で芸術的なフランス料理を共に食べるのはひょっとしたら初めてではないか、と思った。

「ヤザキさんのイメージはね」

長男のことなんかすっかり忘れているというように、アオキミチコは新しく注がれたモンラッシェをさらに二センチ飲んだ。

「ほら、大昔にね、石器時代とかそういう原始時代の人でね」

それは少しひどくないか？

「終わりまで聞きなさいよ、わざわざ遠くまで行ってね、イノシシの肉とかとってきて、ほら、って言うて、みんなに食べさせる人」

ハンティングがうまいってことか？

「それもあるとやろうけど、とにかく、みんなの喜ぶ顔が見たかってことね、楽しかった？ってさっき鮑を食べる前に聞いたとはそがんことよ、自分だけが楽しむためにサザエを採りに潜ったわけやなかやろ？」

私はそんなことを言われたことがなく、意外だった。バカなことについチャレンジしてしまう人間、そういう風にアオキミチコが判断したのだと思っていた。

「みんなのため、というのとは少し違うと思うけどね、でも、みんなが喜べば、ヤザキさんは嬉しかやろ？」

うん、

「義務教育では教師が生徒にわかりやすく面白く授業するのが当然じゃないですか、とかね、どうせあんたなんかは終戦直後のドサクサにまぎれて教員免状をとったんでしょう、とか、そんな臭《くさ》いポマードを塗るヒマがあったらもう一回大学に入り直して勉強し直したほうがいいと思いますよ、とか、うちはもう信じられんやったよ、こがんことば先生に向かって言う人の世の中におるとやろうかって思うたもん、殴られるよね」

ああ、殴りたくなると思う、

「理科で、みんなから嫌われとった太った先生のおったやろ？」

マルタ先生、

「そう、マルタ先生が黒板に、授業の時、間違うて何か書いて」

あいつはアンモナイトのことをアモンナイトって書いたんだ、

「写真に撮ったやろ？」

あの頃、カメラに凝ってたんだよ、オリンパスペンを買って貰ったばかりの時だったし、

「先生と黒板ば写真に撮って、『誰にでもミスはある、太ったブタにもミスはある』って今でも忘れられんけど、父兄の来る授業参観日に、三年の全部のクラスに写真ば貼《は》ったやろ？　引きのばしたやつ」

あいつだけは許せなかったんだ、女の子のスカートをまくるし、いつも威張ってて教頭や校長にはペコペコして、勉強ができない子にゴミとかカスとか言うしデブのくせにイヤな臭《にお》いのコロンとかつけててさ、そういうのは許せないんだ、許せないと思ったらオレは絶対に許さないことにしてる、

「でも、あの後、マルタ先生に殴られるヤザキさんば見て、あ、自分達の代わりにやってくれてる、と思うたよ」

アオキミチコは笑わずに、真剣にそう言った……。

Soupe de pintade à l'anis étoillé

ホロホロ鳥のスープ　アニス風味

ホロホロ鳥、香草野菜、アニスでブイヨンを作り、
澄ましスープに仕上げ、冷たくする。
付け合わせは、キュウリの生クリームあえと、ピーマン、
ラディッシュ、ホロホロ鳥の胸肉をボイルして細切りしたもの。
スープと付け合わせとの相性が絶妙な逸品。

私はそのマルタという教師の脂ぎった顔とからだを思い出してしまった。いつもマルタがつけていたひどい香りのコロンが臭ってくるような気がした。

「思い出したとやろ？」

アオキミチコが聞いて、私はうなずいた。

「すぐわかるよ、ものすごう不愉快な顔になっとるもん」

両手で白ワインのグラスを支えてアオキミチコは笑っている。

まだ生きてるのかな、と、私は言った。

「知らん、ああいう人はかえって長生きするとかも知れんね」

どうしてあんなイヤな臭いのオーデコロンをつけていたんだろう？　私がそう呟《つぶや》くと、アオキミチコは微笑《ほほえ》みながら首を振った。本当にイヤな臭いのコロンで、どこにそういう記憶が眠っているのだろうか、脳のどこからかふいによみがえって、さっきの鮑とフカヒレの芸術品のような味と香りが台なしになってしまった。フェラーリとかアルマーニとかモエ・シャンドンといったような固有名詞の影も形もなかったあの頃、いったいどんなメーカーの男性用コロンがあったのだろう。エルメスやアラミスがあるわけがない。オールド・スパイスだって初めて見たのは高校を卒業して上京してからだ。タンチョウとかウテナとか語源がよくわからない不可思議なメーカーがあったような気がするが、マルタはそういったものをふりかけていたのだろうか？

顔は、パンパンにふくれ上がり、何を主食にしたらこういう風になるのだろうというくらいに下腹がせり出していた。あの頃は例えばすき焼きでも満足に牛肉なんか食べたことはなかった。「そうやって肉ばかり食うな」とオヤジにいつもすき焼きの時は文句を言われたものだ。すき焼きの翌日の朝食には必ずその残りが出て温め直してうどんか何かを入れて食べるのは昭和三十年代後期の地方の家庭の普通のならわしだった。そんな時に牛肉の残りの切れ端なんかを発見すると喜びのあまりパニック状態になったものだ。そういう時代にもなぜか脂ぎって太っている人種がいた。マルタは何を食べていたのだろうか。同じ太るのでもフォアグラや北京ダックを食べすぎて太るのと、ホルモン焼きを食べすぎて太るのとでは、太り方が違う、とスノッブな料理評論家がどこかで書いていた。どう違うのかは知らないが、とにかくマルタは太っていた。

触ったことがないのでわからないが、固く太るのではなく、肉の表面を押しても弾力がないような感じでブヨブヨに太っていた。イモムシみたいな感じだ。あの当時食べられる高カロリーの食べものを必死になって食べまくったのだろう、出されるものは何であれとりあえず全部食べますというニュアンスをからだ全体から発散させていた。意地汚いという形容詞に肉体をつけるとこうなるという顔とからだだった。そんな奴がコロンをつけていたのだ。十メートル先からでもそのコロンは臭った。そのたびに私は吐気を覚えた。髪はポマードで光りべっとりと後ろに撫《な》でつけられて、その下に薄い眉と小さくて悪意に充《み》ちた目があった。頬の面積が異様に広く、鼻の穴が巨大でそのためにサンドロというあだ名がついていた。酸素泥棒の略だ。私は何十回と、「保健室へ行かせて下さい」と訴え、理由をたずねるマルタに「呼吸が苦しい、誰かが酸素を独り占めしている」と言ってはそのつど殴られた。えこひいきが激しく、勉強のできない生徒はひどい差別用語でののしられ、学級委員で従順で昼休みに肩をもむような奴は可愛《かわい》がられた。校長や教頭の前ではもみ手をしながらいつも笑みを絶やさず、いつもイミテーションのゴールドのカフスをしてどうやったらこんなに汚い色の布地を織れるのだろうというダブルのスーツを着ていた。中学時代を通じての、私の最大の敵だったのだ。

「どがんしたとね？」

マルタのことをリアルに思い出してしまって自分でもわけのわからない怒りに支配されていると、アオキミチコがそう聞いてきた。テーブルに向かい合って坐っているのでなければ、私の肩を揺すっていたかも知れない。

すまん、私は言った。

マルタのことを思い出してしまったんだ、

「びっくりしたあ」

アオキミチコは、そう言って、大丈夫？　という風に私を見続けている。

「ヤザキさんって、やっぱり変わっとるね」

さっきから、アオキミチコは微笑むのを止めて、動物か昆虫を観察するように私を眺めている。マルタのことを思い出している間に私は何か自分が変人だと示すことをやってしまったのだろうか？

何かオレ変なことした？　表情、とか、

「そういうことやなくてね、マルタ先生のこと思い出して、また腹の立ってきたとやろ？」

そうなんだ、

「でもあれから二十五年くらい経《た》っとるとよ」

そりゃそうだけどさ、

「二十五年っていえば、四分の一世紀よ」

確かにそうだ、私はモンラッシェを一口飲み、苦笑した。

しつこいと言われることがたまにあるよ、

「しつこいなんていうもんじゃなかよ」

中国人は戦争中の日本の暴虐に対して、許しはするけれども忘れはしない、と言ったそ

うだけどさ、オレはマルタみたいな奴のことは普段は忘れてるんだけど、要するに許してないんだろうな、

「でも」

アオキミチコは、上目づかいに私を見つめた。二十五年前の木造の校舎で、クラスの副委員長が委員長を見る目つきに変わっていた。ヤザキさん、そがんへりくつば言うとらんで掃除だけはちゃんとやって帰んなさいよ。

「殺人とか強姦とか略奪じゃなかけんね、ただの中学の理科の教師でよう殴られたっていうだけやろ？」

殴られたってことはほとんど関係ないんだ、そう言うと、アオキミチコは意外そうな表情をした。

たとえマルタがオレのことを一発も殴ってなくてもオレはあいつを許さないと思うよ、ああいう奴と実際に三年間を過ごしたわけじゃなくて、あいつの生涯を描いた映画を見るだけでも、許さないだろうな、そんな映画なんかあるわけないけどさ、

「うん、そう言われると何となくわかる」

許せないのは、あいつ自身というより、あいつが代表しているものなんだ、

「何を代表しとったとやろうか、スケベとか、えこひいきとか、強いものにペコペコするとか、そがんこと？」

それはたぶん表面的なものだな、あいつの容姿、髪の毛から爪先まで、からだを作っている蛋白《たんぱく》分子の一つ一つ、喋る言葉、臭い、存在そのもの、何でもいいんだけど、オレ達に勇気を与えるものがない、気分が落ち込んでいる時にあいつを見て元気になるような人間は地球上に一人もいないだろう、

「何か大げさな話になってきたね」

うん、問題はけっこう大きいよ、ああいう人間はどこにでもいるしね、

「うちは？」

アオキミチコはそう聞いていたずらっぽく笑った。

アオキがどうだって？

「うちは、マルタ先生と違う？」

当り前だ、第一、きれいじゃないか、

「でも、大人になって、どこかで自分をごまかすようになってしまうやろ？　あきらめるっていうか」

そういうことをわかっていればいいんじゃないかな、マルタはそうじゃないよ、あいつは自分を疑ってない、ああいう人間になってしまうのがイヤでオレ達は自己嫌悪というものを持ってるんだよ、まったく、十三、四歳っていう一番自由な時にああいうのに会うんだもんな、ひどい奴だって言ったってとりあえず大人の、しかも教師だもんな、圧倒的に

向こうのほうが強いんだからさ、中学生がかなうわけないよ、

「負けたと思うとると？」

いやそうじゃないけど、昔、あるロックスターが言ってた有名なエピソード、知らない？　そいつは家が貧しくて遠足に満足な弁当を持っていくことができなくて新聞紙に包んだコッペパンを持っていってみんなに同情されてしまったんだってさ、そいつはロックスターになって金は今うなるほどあるんだけど、あの時の弁当は今どれだけお金を出しても食べることはできないって言うんだよ、たぶんオレは今いろんな意味でマルタが知らないものを知ってるしあいつにできないことをやってると思うけど、そういうことは中学時代のこととは関係がないんだよ、あーあ、せっかくアオキとこれだけおいしいものを食べててマルタのことなんか思い出して何か損したな。

次の一品がテーブルに運ばれてきた。ホロホロ鳥のスープ、アニス風味。

「ね、今、マルタ先生がさ、生きとったほうがよか？　死んでしまっとったほうがよか？」

アオキミチコがそう聞いて私は首を振った。

関係ない、そう言って、きれいな色で、しかも澄み切ったスープを一口飲んだ。野鳥の持つ濃い味が、アニスの香りによって中和されるのではなく、封じ込められているような気がして、喉の奥にスープが流れ込んでいった時に、言葉が消えた。喉のあたりにあって、

アオキミチコに言おうとしていたある言葉がスープによってからだの中に押し戻されてしまった。アオキミチコも同じような表情をしている。私は、少し不安になって、スープを飲むのを中断し、言うはずだった言葉を捜した。

「こんな味のスープは初めて」

アオキミチコはそう言って、どうしたの、飲まないの？　というように私を見た。いや、言おうとしたことをこのスープを飲んだ時に忘れたんだ、アオキはそのちょっと前に何て言ったんだっけ？　私がそう聞くと、アオキミチコは笑った。

「わかりやすか人ね、うちがマルタ先生が生きとったほうがうれしかか、死んどったほうがうれしかか聞いたら、ヤザキさんは、関係ないって言うたとよ」

そんなこともう別にどうだっていいじゃないの、という感じだった。私はスープを飲むのを再開した。ホロホロ鳥とアニスという組み合わせとその度合が正確なのだろう。それぞれの味は中和されたり曖昧《あいまい》になったりすることなく際立っている。しかし不思議なことに、野鳥のイメージも、アニスのイメージも消えてしまっている。どういう味だと言えばいいのだろう？　これは何のスープだったかな？　という問いそのものが消えてしまう。確かにこんなスープは飲んだことがない、味は濃くて、野鳥とアニスが溶け合っているわけではなくお互いに際立っているのに、具体的な、材料のイメージがわかない。

「何でこがん味のスープが作れるとやろうか？」

アオキミチコは畏怖《いふ》の念をたたえてそう言い、最後の一口を飲み終えた。

技術だ、と私は言った。

正確で厳密な技術、それだけが素材を抽象化することができる、このスープは素材の味を抽象化してあるんだ、スープを飲みながらそう思った時に、消えてしまった言葉を突然思い出した。

概念。生きていようが死んでいようが関係ない、マルタはオレにとって生身の人間じゃなくて概念なんだから、と言いたかったのだ。概念という言葉を思い出しても、そういうことをアオキミチコに言う気にはならなかった。スープは、マルタという具体的な悪い記憶も消してしまったようだ。消すというより、抽象化したというべきなのだろうが。

「すごか味やった」

アオキミチコは溜め息をついた。

「ヤザキさんが言った意味がわかった」

私は、このレストランを紹介する時に次のように言ったのだった。おいしいと思うレストランはいくつもある、だけど、「すごい」と思う料理が出てくるのはハウステンボスの『エリタージュ』だけだよ……。

私達はしばらく黙って、窓から外を眺めた。運河の水面にいろいろな灯りが映っていて、それが風と、白鳥によってさまざまな揺れ方をする。アオキミチコは私に横顔を見せている。柔らかく、かすかに赤く染まった頬、顎と、喉でつくられる不思議な曲線、耳朶《みみたぶ》にかかる黒い髪、何も変わっていない気もするし、すべてが変わってしまった気もする。

「ヤザキさんは」

アオキミチコは、私のほうを向いた。

「うち達の代表として、殴られよったとやろか？」

さあね、と私が言うと、そうやなかと思う、といたずらっぽく笑いかけた。髪を掻《か》きあげながら、例によって上目づかいで。あのスープのせいもあったのだろうか、私は、初めて四十過ぎの、同級生に、欲情した。

Filet de kisu rôti aux gousses d'ail

キスのロティ　ニンニク風味

ニンニク風味のキスに、こんがり焼いたジャガイモを添えた一品。
キスは三枚におろし、鍋にバターと少々のオリーブ油、
そして薄切りにし軽く焼いたニンニクを入れ、カリッと焼く。
付け合わせの新ジャガイモは、バターを入れて、
オーブンでバターソテーし、焼き色をつける。
ソースはエシャロット、白ワイン酢、白ワインを煮つめ、
フレッシュバター、オリーブ油を少し加えて仕上げる。
ハーモニーがすばらしい逸品。

誰かに対して性的な欲求を持つ時、必ず残酷な気分になってしまう。本来弱々しい女性に対して動物的な気持ちになる、ということではない。相当変わった性癖の持ち主でもない限り、例えば名プリマドンナやすばらしいオペラ歌手には欲情しないものだ。東京の私の常宿はミス・インターナショナルの大会のオフィシャルホテルになっていて、秋の初めに必ず世界中から背の高い美女達が集まる。そのうちの何人かとエレベーターで乗り合わせたりすると、息が詰まりそうになる。スペインや中南米の代表と、語学の実習を兼ねて二、三言話してみたりして、何となく元気になるが、欲情はしない。きれいだな、とアンティックの器を眺めるように鑑賞してしまうのだろう。

ミス・インターナショナルや、女優やアイドルに対して異常な熱意を持つ男もいる。だがそういう男達が、美、に対して欲情しているとは思えない。あるステイタスを自分のものにしようとしているだけだ。「オレの恋人って有名女優なんだぜ」と自分の自信の足しにしたいのだ。私は、あまりに美しいものに対して、元気や勇気を得ることはできても欲情はしない。

それは、私の特質ではなくオスの習性である。欲情するためには、自分の中の攻撃本能が働かなくてはならない。幼い頃から一緒に暮らしていると、親愛感が勝って、攻撃の本能が働かず、欲情しない、それが人間を含めたすべての動物の近親相姦を防ぐのだ。本当に美しいもの、プライドが輝いて目に見えるものに対して攻撃本能は姿を隠してしまう。ストリッパーに欲情するのは、裸を見るからではなくて、「恥」を捨てる女に対して軽蔑が生じそれが攻撃の本能をよび起こすためだ。ストリッパーほど露骨ではないが、女性があるシグナルを無自覚で出すことがある。それは、香水の匂いだったり、目付きだったり、ちょっとした言葉だったりするが、「プライド」の一角が崩れて「恥」が姿を現す兆候なのだ。もちろんそれは、あなたとセックスがしたい、という直接的な合図ではないし、ガードがゆるくなるというような俗っぽい概念でもない。メスとしての属性がほんの少し姿を現す、ということだ。

アオキミチコが、中学時代と同じような表情で、上目づかいにこちらを見た時、私の攻撃本能が刺激された。それまでは少女の面影を残した四十過ぎの同級生だった女性にメスの属性を感じてしまった。そのことが残酷な気分を生んだのだと思う。

「ねえ、さっき、原始時代の男の話、したやろ？」

ああ、と私はうなずいた。

「うち、ヤザキさんのこと、今、やっとわかった」

アオキミチコはワイングラスを両手で抱えるように持って、嬉しそうだ。昔、ある女性に、わたしのことをわかってるなんて思わないで、と強い調子で言われたことがあった。わかってなんか欲しくない、わかりっこない、わかったような顔をしないで、とその女性は言った。何となく正しいと私は思ってしまった。それ以来私は他人をわかろうとするのを止めた。他人が私をわかろうとすることについては、とやかく言わないようにしている。

しかし、私は、わかりやすい人間のほうが好きだ。わかりやすい人間は、シンプルな原則に従って生きている。

「自分でどっかで動物を倒して肉をとるよね、それで、他の人にもこういう肉を食べさせてやろうってわざわざみんなのところまで肉ば運んできて、みんなに食べさせて、みんなが喜ぶところば見て喜ぶとがヤザキさん」

それって少し偽善者っぽくないか？

「違う、動物ば倒した時にね、たぶんその人はそこで自分の好きなところを例えばレバーとかお腹いっぱい食べると思う、今話しよるとは、一人で狩りをする場合よ、お腹いっぱい食べて、それで初めて、他のみんなにもこういういい気分を味わわせてやりたいなって思うとやなかやろうか、自分がお腹ペコペコのくせに、他の人に何か食べさせようって人はおらんやろ？　自分の家族とかやったら別かも知れんし、本当に食糧が少なか時はわからんけど、牛とか鹿とか一頭倒したらけっこう肉はいっぱいあるけんね、うちが言いたかとはそういう場合の話」

でもオレはそんなにたくさん肉を食ったような記憶はないよ、

「今言うたとはたとえ話やろが、いやね、小説家のくせに」

いやね、小説家のくせに、という言い方が新鮮で、エロティックな響きを感じた。今の私のまわりの女性達は、そういう言い方をしない。アオキミチコは、まだ何者でもなかった頃の十三歳の私をよく知っていて、そういう言い方をするのだ。そういう人間から、自分が職業を持った大人の男になっていることを指摘されると、何かがくすぐられる。当り前のことだが、ずっと一緒に居た頃は二人とも子供だった。だが今は違う。

そんなことはわかってるよ、オレが言ってるのは違う、別にオレは小さい頃も今もそんなに恵まれてるなんて思わないってことだよ、

「お金持ちってことじゃなかよ」

うん、それはわかるけどさ、

「ヤザキさんは昔よく遊びば発明したよね？　ほら地面に大きか丸ば描いて、そのまわりにグニャグニャした線ば描いて、男子ば集めてルールば説明したりしよったやろ？」

そういうのは確かに得意だったな、

「誰よりも楽しんどったと思うよ」

それはオレが努力したからだ、と言おうとして止めた。今の雰囲気に努力などという言葉がまったく似合わなかったからだ。ソムリエが、モンラッシェが空になったのを見て、

ブルゴーニュの赤ワインを持って来てくれた。ジュヴレー・シャンベルタン。

その次に運ばれてきたのはニンニク風味のキスのロティで、そのソースに溶け込んでいたバターの香りを、私は数時間後に、ホテル・ヨーロッパの自分の部屋のベッドの上で、アオキミチコの肩のあたりから嗅ぐことになった。それは、彼女の口の中からでも、髪の毛の隙間《すきま》からでも、手の平や腰や腋の下にびっしょり掻いた汗からでもなく、不思議な丸みを帯びた白い肩の向こう側から届いてきたのだった。

私とアオキミチコは、レストラン『エリタージュ』を出て、タクシーを断わって、ホテルまで歩いた。二人でワインを三本あけ、カルヴァドスを一杯ずつ飲んでいて、外の風に当たりたかったのだ。夜の十時半だった。広場や通りにもほとんど人影はなく、無人のヨーロッパの街を歩いているような奇妙な緊張があった。時計台が、その先端にある塔の影が石畳の広場に長く延びて、運河の表面が静かに揺れ、波が岸壁に寄せる音が聞こえた。空は曇っていて背後に迫る低い山並みは低く垂れ込めた雲と区別がつかず、私達がゆっくり歩く間にも建物の灯りが一つずつ消えていった。

アオキミチコは私のやや右後ろから付いて来ていた。私は何か言わなければと思った。おいしい料理だったね、とか、ここもあと三、四十年すると完全に本物のヨーロッパの街みたいになってしまうだろうね、とか、アオキのとこは家族で海に行ったりするのか、とかそういうことだったが、頰が妙に火照《ほて》って、すぐ後ろから彼女の吐息が聞こえてきて、何も話ができなかった。どんな話題も不自然な気がした。一歩進むたびに空気が甘く濃密に湿り気を帯びてくるようだった。

ねえ、とふいにアオキミチコが声をかけてきた。なんか、うち達だけのごたるね。

そうだな、と私は答えた。酔いと、歩いたせいで、喉が渇いていた。ほら、よう映画なんかであるやろ、目には見えん宇宙人に征服されてしもうたとかね、街に誰もおらんようになってしもうたっていう映画、あるやろ？　アオキミチコは赤いスーツを着て、幅の広い臙脂《えんじ》色のエナメルのベルトを巻き、ローヒールを履いている。ハンドバッグは靴やベルトと同じ色だが、ブランド品ではない。昼間にシラフで見るとたぶん野暮ったいのだろうが、架空のヨーロッパの夜の街に二人きりなのであらゆるものがなまめかしく思えてくる。現実感が希薄になっていくのだ。こんだけの街ばよう造ったね、とアオキミチコは広場の中央で立ち止まり、あたりを見回した。石造りの塔や建物がライトに浮かび上がって周囲にそびえている。広場にいるのは私達二人だけだった。頬を赤く染めて、アオキミチコは煉瓦の石畳の上で、両手を後ろに組み、私を見ている。既視感が襲ってきた。以前、そういう景色を見たような気がする。前もって準備されていた情景の中にいるみたいだった。アオキミチコの声が耳をくすぐるようによみがえる。

いやね、小説家のくせに。

私達は中学時代一度もこうやって二人きりになったことはなかった。あの頃こういう夢を見たことがあるのだろうか、と考えてしまった。大人の男と女になって、想像もできないような料理を食べ、ワインと林檎のブランデーを飲み、架空のヨーロッパの夜の街にいる。私は彼女に近づいた。アオキミチコはじっと上目づかいに私を見ていたが、洋服が触れ合う距離になると、からだを硬くして顔を伏せた。喉が渇いたな、と私が言うと、うなずいた。部屋で水を飲もう、ともう一度言うと、顔を上げて、微笑んだ。

ホテル・ヨーロッパのロビーを無言で横切り、厚い絨毯《じゅうたん》の廊下を歩き、部屋に入っていった時も、既視感が消えなかった。部屋は運河に面したスイートルームで、架空のヨーロッパの夜の街並みの延長線上に家具も調度品も照明器具も統一されて、失われた現実感は戻っていなくて、冷蔵庫からエビアンを取り出してアオキミチコを捜すと、彼女はどこにも見当たらず、ただ白いレースのカーテンが窓際で揺れているだけだった。白い影のように揺れるカーテンの向こう側で、アオキミチコは裸足になって外の運河を見ていた。靴なんか脱がなくてもいいんだよ、と肩を抱くと、彼女のからだが小刻みに震えているのがわかった。

必ず、必ず暗くしといてね、と言って、アオキミチコはバスルームに消え、バスタオルを巻いてベッドの中に入ってきた。私は、アンティックなガラス細工を扱うように、彼女のからだに触れた。その間も、ずっと既視感は続いた。部屋のライトはすべて消していた。さっきバスルームから現れる時に背後から光が洩れて首筋から肩と、ひざからふくらはぎのラインがシルエットになって見えた。その後は窓からの僅かな灯りでしか彼女のからだを見ることができなかった。アオキミチコの首の下に左腕を潜り込ませようとすると、くすぐったか、と彼女は笑った。うち、あんまり慣れとらんけんね。目を閉じていて、唇が触れ合った瞬間に私を見た。からだの右側をそっと触れていくと、脇腹から腰にかけて汗を掻いているのがわかった。やっぱり何か慣れとるね、と呟いてアオキミチコはまた笑おうとした。

髪を掻き分けて耳を露出させ、笑っちゃだめだ、と私は囁《ささや》いた。目を閉じててくれ、絶対に開けちゃだめだ。からだを被っていた毛布を剝《は》ごうとすると、アオキミチコのからだがかすかに震え、脚が固く閉じられて、何か言葉が洩れた。もう何も喋《しゃべ》るな、と私は言った。いいか、喋ったり笑ったりしちゃだめだぞ、そう囁くと彼女は二度うなずいた。

キスのロティのソースを思い出してしまったのは、終わって、彼女のからだから離れた瞬間だった。アオキミチコの肩の向こう、部屋の一方の隅からその香りは漂ってきた。アオキミチコの首筋も肩も腋の下も脇腹も二人の汗で濡《ぬ》れていたが、匂いは汗とは関係なく、目に見えないシャボン玉のように部屋の中を漂ってくる。バターの匂いがしないか？　と私は聞いた。え？　と声を出して、アオキミチコは顔を上げ、目を開けた。何を言っているのかよくわからない、という表情をして、また横顔を枕に伏せた。味もよみがえってきた。表面にはほんの僅かな焦げ目が付いて、中は舌の上で溶けるように柔らかだった。たぶんオリーブ油で焼き上げたものだろう、バターは少しずつ少しずつ後からソースに混ぜ合わされたはずだ。それはソースを微妙に濃密にする。私はキスを焼いた後のオリーブ油がソースになっていく過程を想像した。余分な油脂が取り除かれワインヴィネガーが注がれた後に、バターが入れられる。バターが混じり合ってソースに濃度と風味と艶が生まれていく。

もう一度シャワーを浴びておいでよ、と私はアオキミチコに言った。オレはベランダで待ってる、運河を見ながらもう少し何か話そう。

アオキミチコはからだをバスタオルで被ってから、起き上がる前に、両手を私の背中に回して、唇を求めてきた。白い胸が大きく上下に揺れた。バスルームに入る彼女の後ろ姿を見て、バターの匂いの正体がわかったような気がした。それは、成熟と罪を象徴する香りだったのだ。

Veau braisé au champagne et choux chinois

茨城産　仔牛とチンゲン菜のブレゼ　シャンパン風味

仔牛のもも肉を、バターで焼き色をつけた後、別な鍋に移し、
そこへチンゲン菜とトマト、エストラゴンとマッシュルームを入れ、
シャンパンをたっぷり注ぐ。鍋に蓋をし、オーブンでブレゼ（蒸し煮）する。
野菜とシャンパンが肉の味をさらに引き立てる。

運河を渡る秋の終わりの風は、汗を掻いた肌に優しかった。乾いていて、柔らかで、肌に残る罪の意識までが冷やされていくようだった。水面に映る建物の灯りを見ながら、構うことはない、と声に出さずに呟いた。エビアンをグラスの縁すれすれに注ぎ、一気に飲んだ。喉が鳴る音がして、安っぽい映画の主人公のようだと自分のことを思った。

アオキミチコは、裸足でベランダに現れ、木製の椅子《いす》に坐《すわ》った。靴を履いたままでいいんだよ、と私が言うと、ヒンヤリして気持ちのよかやろ、と暗い運河を見つめながら、小さいがはっきりした声で答えた。椅子に坐って脚を組んでいて、ペディキュアのない足先を揺らしている。中学生の時、体育の授業が終わって、洗い場で女子が足を洗うのをドキドキしながら眺めたことがあるのを思い出した。ほんの十分前まで裸で抱き合っていたという事実が、そのペディキュアのない足先を見ていると曖昧になってしまう。アオキミチコは背筋を伸ばして、ゆっくりとグラスに注がれた水を飲み、時々私のほうを見て、微笑む。動作にも表情にも、不自然さがない。後悔のようなものも、照れも、妙な馴れ馴れしさもない。『エリタージュ』で食事をしている時と、まったく変わるところがない。どういう態度をとればいいのかわからなくて居心地の悪い思いをしているのは私のほうだ。彼女にちゃんとオルガスムスを与えることができたのだろうか、そんなことを考えているとわけがわからなくなってくる。やがて、彼女のほうから話しかけてきた。

「ヤザキさんは、法律とかにも詳しか？」

端正な横顔が部屋から洩れる灯りで柔らかく照らされている。

法律？　いったい何を言い出すのだろう、と胸が騒いだ。

「その男の人が結婚しとると知ってるくせに、関係を結んだりすると、奥さんから訴えられるとやろ？」

表情を変えずに、淡々とそう言った。私は驚いて、少し咳込《せきこ》んでしまい、水を飲んだ。

「うちの友達にね、そういう人のおるとよ、相手は役人でね、転勤で長崎に来たとやけど、パーティで知り合《お》うてね、ずるずるとそういう関係になってね、今、向こうの奥さんから訴えられとるらしか、奥さんに訴える権利のあるって、知っとる？」

どうしてこんな時にこんな話をするのだろうと思いながら、知ってるよ、と答えた。二年ほど前に、新聞記者の友人の奥さんが彼の愛人を訴えた。

「でも、そがんことっておかしかと思わん？　自分の夫をしっかりさせとくとも妻の役目やなかやろうか？」

詳しくは知らない、と私は言った。

女性の権利が強くなったってよく言われてるけど、奥さんも女性なわけだからな、詳し

いことがわからないから何とも言えないけど、精神的な被害があった場合には訴訟できるんだよ、

「でも、たいていの場合は、その男のほうが悪かわけやろ？」

アオキミチコの声が少しだけ大きくなった。

本当に悪いのは誰かという問題ではないんだよ、誰が犯人かという刑事事件じゃないわけだからね、恋愛でトラブルになる場合はそのすべてはフィフティフィフティだとオレは思う、どちらが悪いということはない、たとえヤクザに脅されて覚醒剤を打たれながらソープで働いているような場合から、その女にそそのかされて誰かを殺してしまうような場合まで、それは双方が同じくらいに悪いんだ、悪いという言葉を使えばな、ただし、その恋愛で、ある第三者が精神的なダメージを受けたりすると、別の問題になる、奥さんがどっちを悪いと考えるかだけど、子供がいるとか、まだ愛情がほんの少しでも残っているような場合だと、まず間違いなく、自分の夫じゃなくて、その愛人のほうを訴えるだろうな、そういうことを言いながら、ある疑いを持ってしまった。本当に友達に起こったことなのだろうか、アオキミチコ本人のことではないだろうか、という疑いだ。

「でも、訴えたりしたら、もっともっとみんながイヤな思いをするわけやろ？　こういうことはそっとしといたほうがよかとやなかやろうか？」

アオキミチコはごく普通に喋っている。どうして急にこんな話を始めたんだ？　と私は

聞きたくなる。私達は裸で抱き合った直後なのだ。しかし、「もっとロマンチックな話をしようよ」などとは言えない。それは私がやましさを感じているからだ。

それは当事者の、つまり不倫を行なっていた二人の勝手な言い分だ、傷を受けた人間は何とかして回復しようとするだろう、憎しみが、訴えることで消えるとはオレも思えないけど、どうしようもない場合だってあると思うな、

「ヤザキさんはそがん経験ある？」

ない、と不愉快そうな答え方になった。

「小説にはよう出てくるよね」

だったら殺人の小説書く奴はみんな人殺しになってしまうじゃないか、

「いや、そがん意味じゃなくてね、ちょっと意外やったとはね、ヤザキさんの小説はどちらかと言えば、結婚とか常識とか法律とかにとらわれんで、もっと自由にっていうか、恋愛でも何でもやっていくっていうイメージのあるやなかね」

私が苦笑して首を振ると、案外素顔は、現実家なわけ？　と言って、アオキミチコがいたずらっぽい顔で覗き込んだ。そういう顔を見せられると、本当に友達の話なんだ、と思ってしまう。倫理的にも、あるいは法律的にもね、確信犯であり続ける場合には、モラルとか法律が逆にどれくらい強いものか知っていなくちゃいけない、例えばその辺のチンピラはすぐつかまるよ、でも強力なマフィアは優秀な弁護団を抱えているだろ？　法律に勝

つ奴なんて誰もいないんだから、それを軽視するのはただのガキだけだ、オレが言ってるのはそういうことだ、

「今、言うたことはさ、トラブルを起こしてしまうごたる人には、不倫する資格はなかっていうこと？」

少し違う、資格なんていうものはないし、どんな人間だって偶然が重なればトラブルに見舞われるよ、大切なのはそれを最小のものにする努力を続けることだ、しかし妙な話になってしまったな、

「うん、うちもこがん話をする気はなかったとやけどね、ほら、さっき、あがん風になってしもうたやろ？　それまでね、その友達から、手紙ば預かってきてね」

手紙？

「きょうヤザキさんに会うってゆうたら、その友達がヤザキさんの小説のファンてゆうことで、法律にも詳しかやろうして、預かってきたと」

オレへの手紙じゃないんだな？

「何ば言いよっとね、その男の人が、不倫中にうちの友達に出した手紙よ、ちょっと見てくれる？」

それは手紙というよりも、メモのような走り書きで、便せんではなく大き目の封筒の裏に書かれてあった。もちろんコピーで、友人の名前が書かれてある箇所は注意深く消され

ている。字はしっかりしていたが、吐気のするような内容だった。一人で、寂しくしていないか？　誰よりもお前だけを愛している、今すぐにでもとんでいきたい、もうちょっと、待っていてくれ……。甘い言葉が並んでいるからではなく、他人のプライバシーを覗く不快さがあったからでもない。それは、力を失った言葉だったのである。この男は幾つなんだろう？　と私はアオキミチコに聞いた。

「うちの友達より二つ年下やけん、今、三十二、三やなかやろうか、訴えた奥さんは三十そこそこかな、今ね、いくら連絡しても、その男は会おうともせんし、電話にも出らんらしか」

当り前だ、と私は言った。誰にだって程度の違いはあるが似たような経験はある。その男が、訴えられてしまった愛人に本当に会いたくないのかどうかはわからない。本当は会いたくて気も狂いそうな状態なのかも知れない。ただ、会ったとしてももう言うべき言葉を持っていないはずだ。誰よりもお前だけを愛している、と手紙には書いてあった。それは、言葉の残骸の見本だった。恐らく書いた時にはその言葉は生きていたのだろう。書いたほうも、読むほうにとっても意味と力のある秘密だった。

「その手紙は、うちの友達のほうから無理矢理誘惑したわけやなかていう証拠になるやろうか？」

なるだろう、と私は答えて、手紙のコピーをアオキミチコに返した。風が急に湿気を帯びたような気がした。冷えて乾いた汗がもう一度液体に戻ってしまったようだ。その手紙は、裁判できっと公開されるのだろう。プライベートな秘密が、時間を経て、制度的な証拠となるわけだ。言葉の残骸は、私から何かを奪った。それを書いた時や、言った時は、真実の気持ちだったという言い回しはまったく意味がない。意志は、継続されて初めて有効なのだ。残骸となった言葉は、それを目にするあらゆる人から力を奪ってしまう。

「どがんしたと?」

私の表情に気付いてアオキミチコが言った。

オレもそういう手紙を書いたことがあるような気がする、運河を見つめてそう言った。

「そりゃそうやろ、小説家やし、もっと上手に書いたやろ」

話題を変えなくてはならない。言葉を残骸としないためにはどうすればいいのか? お前のことは別に好きでも何でもない、あの手紙を書いた頃とはもう気持ちが違ってしまっているんだ、と相手に正直に伝えるだけでいいのだろうか。

「ねえ、あのお肉、何ていう料理?」

アオキミチコが話題を変えた。

大き目の鍋が運ばれてきて、パンで封じられたふたを取ると、レストラン全体にシャンパンの香りが弾けた。何ていう料理なのかはわからない、と私は答えた。

「すごい香りやったね」

あれは矛盾した料理法だ、と私は言った。

「矛盾？」

シャンパンで風味をつけるためには、肉をシャンパンで蒸すということになるんだけど、本当はそんなことをしたら下手をすると肉がパサパサになってしまう、タイミングはギリギリのところだろう、充分に香りをつけて、しかも肉がパサつかないというタイミングはピンポイントに近くて、きっと数秒というところじゃないだろうか、

「ギリギリねえ」

揺れる水を見ていると、口が滑らかになる。お喋りになるのではなく、相手の目ではなく水面を見て話せるので、情緒的になってしまうのかも知れない。

「その友達はね」

と言って、アオキミチコは一度言葉を止め、唇を嚙《か》むような表情をして、水面ではなく靴もストッキングも履いていない自分の足先を見つめた。肉がパサパサになってしまうのも、言葉が死んで残骸になるのも同じ理由だと思った。責任とかモラルとか、そんなことではない。そう、ギリギリのところなんだ、と私はアオキミチコの耳許で囁いて、肩を抱き寄せた。手を握って、頰と唇にキスした。

何が大切かはよくわからない、と私は言った。アオキミチコは私から目をそらさない。こういう一瞬はすぐに終わってしまう、だから少なくともオレはこういう瞬間を大切にし

ようと思っている、手をのばせば触れられる距離にいて、肌を触れ合わせてもお互いにいやじゃない、それに誰も邪魔をする人間もいない、そんな瞬間は本当に貴重なんだ、わかるか？

「わかる」

アオキミチコは涙を目のふちにとどめて、うなずいた。そして、自分から、私の背中に腕を回してきて、強く抱きついてきた。心臓の鼓動が聞こえる。私のものなのか、彼女のものか、わからない。

「その友達は、別に寂しかったわけじゃないと思う」

そう言って、からだを離し、指で涙を拭《ぬぐ》った。

その友達は独身だったのか、と私が聞いて、彼女は、首を振った。

Rôti de poire beurrée, et sa glace

洋ナシのキャラメリゼ　ハチミツ入りのアイスクリーム添え

洋ナシの皮と芯を取り、6分の1カットしたものに、砂糖をまぶし、
バターで焼き色をつけ、洋ナシのリキュールをふりかける。
その上に、小麦粉と卵白で作った薄いクッキーをのせる。
さらにハチミツ入りのアイスクリームを添え、
フランボワーズのピューレ、ミントで飾り、美しい彩りに。
甘さを抑えた上品なデザート。

「子供はおらんやったけど結婚はしとった、夫婦の仲もまあまあやった、まあまあという意味は、前にも一回同じことのあったけんね」

同じことって？

「今度と同じこと」

浮気したってことか？　そう聞くと、アオキミチコはうなずいた。

どうやらアオキミチコ自身のことではないようだ、と私は思った。だったらさっきなぜ涙を見せたのだろうか。だが、そのことをたずねる気にはならなかった。返って来る答えがどんなものであろうと、寂しくなってしまうような予感がしたからだ。

「さっきね」

アオキミチコは自分から話しだした。

「うち、泣いたやろ？　なぜ泣いたか、わからんやろ？」

わからない、と答えた。私達はお互いのからだに回した腕をすでに離している。暗い運河の向こう側にある塔の時計が十二時をまわっている。

「ヤザキさん、ホリヤマヨシコって憶えとるやろ？　ヨシコちゃん」

私とアオキミチコは、中三の時二組の正副の委員長だった。ホリヤマヨシコは三組の副委員長で、生徒会の書記も兼ねていて、どちらかと言えば同性に人気があった。人望が厚かったのだ。

まさかホリヤマが、と私が言うと、違う違う、と、アオキミチコは笑顔をとり戻して手を横に振った。

「ヨシコちゃんじゃなかよ、ヨシコちゃんは確か四国かどこかで結婚して子供もおると思う、ヨシコちゃんとは、うち十何年も会《お》うとらんもん、そうやなくてね、昔、いつやったかはっきりとは憶えとらんけど、うち、ヨシコちゃんから手紙ば貰ったことのあるとたい」

手紙？

「うん、ヤザキさんには来んやった？」

いやオレは貰ってない、

「うちもそがん仲のよかほうやなかったけど、大学卒業してすぐの頃に同窓会のあってもちろんヤザキさんは出席せんやったけどヨシコちゃんとヤザキさんのことば話したことのあるとよ、ちょうどヤザキさんが作家でデビューしてすぐの頃で、うち達は二人とも、くやしかね、って言い合うたとばよう憶えとる」

くやしい？　何なんだ、それは、

「うちは正直に言いよるとよ」

でもなんでくやしがるんだよ、同級生が有名な賞をとったんだから祝福してくれたっていいじゃないか、

「そりゃ祝福もしたよ」

アオキやホリヤマがくやしがったりするのはよくわからないな、他の、例えば教師の連中とかオレを嫌ってる奴がくやしがるのはわかるけど、

「でも、それはくやしかもんよ、どういう点でそう思っとったかはわからんけど一応ライバルやったわけやろ？　負けたなって思うたもん」

そんなもの勝ち負けなんて関係ないじゃないか、

「ヤザキさんはわかっとらん、そがん風にね、負けたとかくやしかって思うとはね、一種の愛情よ」

愛情？　と私は驚いた顔をしたが、すべてのことがどうでもよくなるような安堵を感じた。男というのはどうしてこう単純で、わかりやすくできているのだろう、愛情という言葉をアオキミチコが声に出したとたんに、からだが暖かくなり、自信のようなものが湧き、暗い空や石造りの建物や運河を眺めながら、アイジョウ、アイジョウ、と繰り返し頭の中で呟いているのだ。

「この人とは対等でいたいと思うわけやろ？　対等てゆうたら何かおかしかね、大切な

人？　自分が大切にする思い出の中におる人？　うまく言えんけど、そがん人は、ずーっと会わんでも自分の中におって、何かの拍子にふっと思い出したりするわけやろ、自分の中にその人がおるってことは、その人が自分を見とるっていうたらおかしかねえ、ああ、やっぱりうまいこと言えん」

私が代わりに言った。

中学生の頃にお互いにあった充実感みたいなものをずっとキープしていきたいってことなのかな。

アオキミチコは、私が予想した通りの台詞《せりふ》を返した。小説家はやっぱりうまいことまとめよるね。

「そがんことをヨシコちゃんと話した後、手紙の届いたとよ、同窓会の二年後かな、ヨシコちゃんはね、うちなんかとは少し違う意味でヤザキさんのことが好きやったらしか」

好きってことに意味の違いなんかあるとは知らなかったな、そう言うと、アオキミチコは中学時代によくそうしたように、私の腕を平手で軽くぶった。

「うちは言葉の足らんって言ったやろうが、そがん憎たらしか言い方は全然変わっとらんね」

ヤザキさん、きょうだけはホームルームさぼったりせんでね、そういうことでアオキミチコはよく私の腕を軽く平手で今と同じようにぶったのだ。当時は、そうやってアオキミチコがからだの一部を触れてくるように仕向けるために、わざと悪さを働いたこともあった。いやだあ、と言って女の子が自分に触れてくる、そういうのが嫌いな男もいるだろうし、そういうのが似合わない女の子もいるだろう。だが、中学時代の私はアオキミチコにそうやって触れられるだけで、その日一日を幸福に過ごすことができた。そういう女とさっきはベッドで、と考えて、なぜアオキミチコが泣いたのか少しだけわかったような気がした。

「ちょうどヨシコちゃんが結婚する時でね、その手紙で今でもよく憶えとるところは、やっとヤザキさんから自由になれる気がするってところかな、ヨシコちゃんはうちに言うたことのあるもんね、まだ十三とか十四の時にあがん人と会うってことは何か残酷やったって、ね、わかっとるとね、あがん人っていうとはヤザキさん、あなたのことよ」

残酷？

「大人になっていろいろ考える力とか経験とか持ってから、ヤザキさんのごたる人に会いたかったたってヨシコちゃんは手紙に書いとった、さっきね、泣いたとはね、ヤザキさんが言うたやろ？　こういう瞬間はすぐに終わる、だから大切なんだって言うたやろ？　うちはスーッて何かから自由になった気のして、うちの息子とか家庭とかそういうものやなかよ、ヤザキさんに負けてくやしかとかそういうことからね、自由になったごたる気のしてね、でもすぐその後、その後っていうかほぼ同時にね、何かが脱けていった後に別の何かにつかまえられてしもうて、あ、楽になったなって思うたらすぐに新しか荷物ば渡されたごたる感じ」

それで泣いたの？

アオキミチコはうなずいた。

「悲しかった、うまく言えんけどね」

悲しむことなんか何もないじゃないか、と言おうと思ったのだが、言えなかった。言葉を捜していると、アオキミチコはまた私の手を握った。強く握ったりしたら骨が折れてしまいそうなくらい細い手首、アオキミチコの手のことをずっとそういう風に思っていたのだが、部屋からの弱い灯りに照らされた手は少し違っていた。同時に自分の手も見ることになって、私は溜め息をつきそうになった。二人の手は中学生の頃とまるで違っていたのだ。それはまぎれもなく四十代の男女の手だった。今までに何度もこういうシチュエーションになったことがある、と思い出した。そんなことはどうでもいいんだよ、横でしっかりと手を握っている女に向かってそういう風に必ず言ったはずだ。悲しむことなんか何もない、現にオレ達はこうやって今一緒にいるんだし、余分なものも不足なものも何もないじゃないか、もちろんこういう時間ばかりじゃないってことはオレだって知っている、離れていなきゃいけない時間もある、グレタ・ガルボって女優が死ぬ直前に言ったそうだよ、自分が今まで見た中で最も美しいものは手をとり合って夕暮れの中を散歩する老夫婦だった、と、言ったそうだ、だが今そんなものをイメージしたってしようがない、密度の濃い時間、恐《こわ》くなるくらいの快感、今はそれ以外のことを考える必要はないんだよ、幸福な老夫婦をイメージして退屈を選ぶのはばかげたことなんだ……そんなことをアオキミチコには言えなかった。この女とは四十代の男女のセックスなんかよりもっとはるかに大切なものをかつて共有していたのだ、という気分になっていた。言った瞬間に、言葉は残骸になってしまう、ちょうど、裁判の証拠になろうとしている、あの手紙の中の言葉のように。

「うちにしても、例えばヨシコちゃんにしても、どのくらいヤザキさんとのことを大切にしとるか、わかってくれた?」

手を強く握りながら、そう聞いてくるアオキミチコに私はただ何度かうなずいただけだった。


人の気配のないホテルのロビーで、私達はタクシーを待った。ハウステンボス内を走るクラシックカーのタクシーに乗って、通用門で降り、一般のタクシーに乗り換えなくてはならない。既に深夜の一時で、フロントマンは私とアオキミチコを優しく無視してくれた。私達からは何かが漂っていたはずだ。ベッドで抱き合った直後に私が感じた罪の香りとは違う。それは一時間前の汗と体液と、二十年以上も昔の記憶が混じり合った特別な秘密で、きっと私達は二種類の違った印象をフロントマンに与えたと思う。私達は非常に幸福そうで、そして非常に寂しそうに見えただろう。

「デザート、何を食べたっけ？」

クラシックカーのタクシーに乗ってから、アオキミチコはそう聞いてきた。私も思い出せなかった。

「ものすごくおいしかったとに、忘れてしもうたね、でも、デザートって不思議やろ？」

何が？

「最後に出てくるお料理のこと何ていうとやったかね」

メインディッシュのことか、

「そう、それ食べた後、ふう、おいしかったって溜め息ばついてさ、ガラガラガラってワゴンの音の聞こえてきて、いろいろお菓子とかケーキとかシャーベットとか並んでて、ワクワクするやろ？　あ、ヤザキさんは男やけん少し違うか」

いや、メインディッシュの後甘いものに飢えてしまうというのは男だって同じだけどね、

「ワゴンに並んでいるのを見て、それまで食べたものの味ば全部忘れてしまうくらいにさ、何かワクワクしてしもうて、ぜいたくって思わん？　今まで経験なかもん、それで、大げさに言えば手とか足とかバタバタさせて何かが欲しかっていう風に思うとる時に、ワゴンに並んどる中から選べるわけやろ？　欲しかものが、食べきれんくらい並んどって、その中から選べるわけやろ？　ねえ、ぜいたくよねえ」

アオキミチコは、そうやってデザートの話を続けたが、子供のようにはしゃいでいた。中学校時代を含めて、これほど嬉しそうな表情を見たのは初めてだった。

クラシックカーのタクシーから降りるあたりで、はしゃぐのを止め、いつもヤザキさんはそがん感じで生きとるとやろ、と言った。

「あのデザートを選ぶ時のドキドキする感じで生きとるとやろ？　いつも」

あれほどたくさんのすばらしい選択肢があるわけじゃないけどな、と私が答えると、一般のタクシーに乗り込む時に、運転手が見ているのに自分のほうからキスしてきて、唇を離しながら、ずーっと、ずーっと、そがん風に生きてね、と言った。

舌を絡めている時、ハチミツの味がアオキミチコの口の中のどこかに残っていて、デザートはハチミツ入りのアイスクリームだったと思い出した。それを教えてやろうと思っていると、タクシーはすでに走り出してしまった。また会える？　とアオキミチコは聞かなかった。

最後の夜

Sauté de yariika "Le Duc"

ヤリイカのソテー　ル・デュック風

まず、ホウレン草に、セロリの葉、タイム、セルフィーユを混ぜ合わせ、

バターソテーし、焼いたパイ生地にのせる。

その上に、オリーブ油、ニンニク風味のバターでソテーしたイカをおき、

あさつきの細切りを散らす。

全体にかけるソースは、エシャロット、白ワイン、ワインビネガーを煮つめ、

生クリーム、卵黄を加えて作る。

プロヴァンスを感じさせる軽いオードブル。

東京に戻ってきてから、アオキミチコのことをあまり思い出さなかった。彼女のことが頭に浮かんでこないというわけではなく、何かうっとうしいものを感じて、あえて考えないようにしているのだとある時気付いた。

年を重ねるごとに、当り前のことだが何かが確実に失われてしまう。それは皮膚の滑らかさやからだのたるみや目や歯の衰えといったことだけではない。失われていくというよりも、遠ざかっていってしまうというほうが正確かも知れない。昔は、自分である遊びを思いつき仲間達とその相談をして場所と時間を決めるだけで、夜も眠れないほど興奮することができた。小さい頃通っていた学校の庭や遊んでいた空地に行ってみると、イメージと違ってあまりに狭いので驚くことがよくある。そういうごく限られた場所で遊んでいた頃に比べて、今は、幼児的な高揚感を得られるまでの過程がものすごく長い。

私は小説を書いたり、映画を作ったりしているが、テーマが見つかってそれを作品にするのに何年もかかることがある。基本的に、その過程を楽しむことはできない。もどかしさと、うっとうしさと、不安と、緊張と、ある種の憂鬱と、それらを超える意志を持ち続けるわけだから、楽しむといったこととは無縁なのだ。それでも、幼児の頃に味わったある高揚感、全世界から祝福されているような歓喜を得るためには、その長い時間に耐えなくてはならない。耐える以外には、歓喜に至る方法がない。F1レーサーはゴーカートのレースで優勝しても喜ぶことはできないのだ。

恋愛も、少し似ている。恋愛は社会的なセックス・ゲームだから、その人の年齢と経験に応じて悦楽の概念が変化する。ディスコで知り合って一晩ベッドで絡み合えばそれでいいという頃もあるが、やがてそれだけでは満足できなくなり、物語や時間や媚薬《びやく》やシャンパンが加えられて、ある時体力の衰えと共に耐えられない徒労感に襲われることになる。

アオキミチコはそういったこと全てを象徴しているような気がした。中学時代の彼女は絶対に手の届かない何か、単に目が合って微笑《ほほえ》みかけられるだけであたりが輝きだすような何かを代表していた。そういう女性と、二十数年振りに会って、セックスをしたわけだが、何かを手に入れた気になれるはずがない。

思いを遂げる、という古い言葉がある。何十年という間その人を想い続けて、ついにある時それが実現して喜びのあまりもう死んでもいいと思ってしまう、よくある話だが、そんなものは嘘だ。十年も経てば、人間は別人になってしまう。自分も相手も、肉体的にも社会的にも、変わってしまうのだ。その過程で多くの他人に出会う。男にも女にも理想としてあるのは、尊敬し得る相手との、動物的なセックスだ。だから、ある特定の相手との一夜をイメージしてただ待ち続ける人間なんか本当はいるわけがない。

私も、アオキミチコも別人になっているのだ。そういう二人が中学時代の、社会に組み入れられる前の記憶を引きずって、抱き合った。私は射精したし、彼女もオルガスムスがあったと思う。罪の意識に比例した快楽もあった。だがそれは幻想なのだと私はわかっている。私達の快楽は澱《よど》んでいる。どこへも流れていくことはできない。濃密な思い出として残しておけばいいというものでもない。思い出なんかを生きのびる力にするくらいだったら、死んだほうがましだ。

アオキミチコからオフィスに三度電話があった。やりとりは同じだった。

「今度いつ会える？」

今はちょっと忙しいんだ、もうすぐ必ずそっちに行くよ、

「待ってるけんね」

三度目の電話のちょうど二週間後に、ハウステンボスに行く仕事ができた。

私とアオキミチコはいつものように、ホテル・ヨーロッパのロビーで待ち合わせた。

「元気？」

アオキミチコは明るい色のスーツを着て黒のパンプスを履き、真珠のネックレスをしていた。私が少し疲れていたせいもあるのかも知れないが、そのファッションが寂しいものに感じられてしまった。たとえ共稼ぎだとしても子供のいる四十代前半の平凡な主婦に、

遊び好きの小説家を驚かせるような真珠のネックレスが買えるわけがない。アオキミチコは、クラス会とか結婚式とかとは違うコンセプトで、できる限りのオシャレをしてきたはずだ。それに私を見たとたんに、うれしそうに思わず微笑んだ。

そういう人を見て寂しさを感じてしまうのは、自分が疲れていてある寂しさを持っているからだ。君がストレンジャーの時、人々はとても奇妙に見える、というドアーズの歌がある。そのジム・モリソンの詩の一節を私は正しいと思っている。例えば砂漠の夕暮れがロマンチックだと感じる人は、自分自身が魅惑的な気分になっているのだ。餓死寸前で倒れている人間にとっては、砂漠の夕暮れは単に残酷な景色にすぎない。

普通だ、と私は答えた。

「普通って？」

アオキミチコはずっと口元に微笑みを残している。私達はラウンジに移って、ソファに坐《すわ》った。

元気ではないってことだよ、

「病気じゃなかやろ？」

アオキミチコは私から視線を外さない。上目づかいに見つめられると、中学時代の彼女の顔が実際の彼女に重なってしまう。そういう顔に対しては東京のバーで知り合ったばかりの女につくような嘘がつけない。

病気じゃない、「元気そうに見えるけどね」

「昔は、元気だったよ、今はそういう状態じゃないってことだよ、昔って？」

三十代の前半くらいまでかな、

「プロ野球の選手が引退を考えるくらいの頃やろうか？」

ホテル・ヨーロッパからゆっくりとレストラン『エリタージュ』まで歩いた。歩いている間は、二人とも口をきかなかった。

運河沿いの石畳の道を歩いたのだが、西の空にはまだ僅かにオレンジ色が残っている。九州の西の端に造られた人工のヨーロッパの街は、夜になるのが東京よりもかなり遅い。こうやって石畳の上を歩きながらあの夜は感情が高まっていった、と私は思い出して、歩いている間話す言葉が出て来なかった。

『エリタージュ』のサロン・バーで、私達はキール・ロワイヤルを飲んだ。乾杯した後で、この飲みものがすっかり好きになってしまったけどこのレストラン以外では飲むことができない、と言ってアオキミチコは笑った。

「でも、元気じゃなかったって言われたら、うちなんかは心配するよ」

心配することじゃないよ、オレはもう二十八でも三十五でもない、結局、当り前のことだけど、もう全然若くないんだ、

「でも、同級生のみんなに比べたら若く見えるよ、市役所とかに勤めとる人はもう本当のオジさんていう感じで、ヨレヨレしとるよ」

そういうことはよく言われるけどあまり意味はないし、嫌いなんだ、と私が言うと、アオキミチコは、「嫌いなんだ」と私の言い方を真似て、その後うれしそうに笑った。

何で笑うんだよ、

「ヤザキさんが、『嫌いなんだ』て言うたら、昔のことばすぐ思い出して、楽しくなるとよ、何でやろうね、何かに怒っとる時とか、そういう時のヤザキさんは、本当に何にも変わっとらんって思う」

オレはそんなに怒りっぽくないよ、まあアオキが言ってる意味はわかるけどな、

「でも絶対に我慢できんってことはあるやろ」

あるけど、

「ねえ、なんで、まだ若いって言われるとがイヤとね？」

嘘だから、

「嘘？」

いや、誰かがオレに嘘をついているってことじゃないよ。誰かがオレにまだ若いですよ

って言うことそのものが嘘なんだ、その全体がね、ごまかしだ。年寄りでよくいるじゃないか、まだまだ若い者には負けんとか何歳になっても青春だとか吐気のするようなことを言う奴が、よくいるよね、年寄りの中にはもちろんすごく立派な人がいるけどさ、そういう人ほど自分が若くないことをよく知っているんだよ、だって体力は絶対に落ちているんだからさ、ラマ僧とかヨガを極める仙人でもない限り年と共に体力が上がる人なんかいないだろ？　年寄りは醜いんだよ、

「まあ、そう言えばそうやけどね」

アオキミチコの顔から笑いが消えている。視線を落として、何かを考えている顔付きになり、持っていたキール・ロワイヤルのグラスもテーブルに置いた。まさか自分のことを言われていると思ったんじゃないだろうな、と少しだけ気になった。年寄りは醜いったって、別に君のからだのことを言ってるんじゃないんだよ、それがいつだったか、誰に対して言ったのかは忘れたが、泣いている女にそんなことを言い続けた夜があった。若い女がいいって奴がいるがオレはそんなことはない、もしそれが真実だったら男はみんな幼児や小学生を相手にしなきゃいけなくなるじゃないか、確かに若くてきれいなからだの女の子もいるよ、正直言ってそういうのが裸で現れたらオレだって一瞬心が揺らぐかも知れない、だけどそんなことには意味がないんだ、大切なのはオレと君がこの何年かを一緒に年を経ながら生きてきたってことだ、確かにひどい幻滅もあったと思うし、失望したこともあっ

たかも知れない、今だってそうやって泣いているくらいだから決して単純に幸福なんかじゃないってことなんだろう、でもオレ達はずっと離れずに一緒にいたわけじゃないけど、共に生きてきたんだ、だからオレは君の皺《しわ》とか、柔らかくなった肌とか好きだよ、君は気にしているかも知れないが、オレは好きだよ、だってそれは共に年をとってきた証拠みたいなものじゃないか……泣く女に向かって、昔言った、嘘ではないが、弁解の、台詞《せりふ》。

「お料理が、来とるよ」

アオキミチコがそう言って、ウエイターが私の背後に立っていた。前菜を運んできて、私が妙にシリアスな表情で黙っていたのでサービスするのをためらっていたのだろう。ヤリイカのソテー、ル・デュック風でございます。ウエイターははっきりとしたよく通る声で言って、小さな皿に盛られたきれいな料理を私達の前に置いた。

「ル・デュックって何ですか？」

アオキミチコがそう聞いて、わたくし共のシェフが最初に修業したレストランの名前だそうです、とウエイターが答えた。初めてこのレストランに来た時、アオキミチコは雰囲気にとまどっていた。落ち着きを失くしたり、萎縮したりしていたわけではないが、少なくともウエイターに質問をするような余裕はなかった。私が現実的に知っているアオキミチコの時間的な変化とはたかだかそんなものにすぎない。

ソテーされたヤリイカは、小さなパイ生地とホウレン草の上にあり、さらにその上にあさつきの細切りがのっている。全体を一口で食べることができる。ホウレン草からはセロリやタイムの香りがして、あさつきも舌におだやかな刺激を与える。パイ生地とホウレン草とイカとあさつきを同時に口に入れるわけだが、喉《のど》を滑り落ちていくまでそれぞれの味は混じり合うことがない。ピッコロ、フルート、アルト・フルート、バス・フルートという四管のアンサンブルを聞いているような感じがして、参ったな、と私は呟《つぶや》いた。何に参ったの？　という顔でアオキミチコがこちらを見ている。

変なことを考えてたんだが、この前菜を食べたらそんなことはどうでもいいと思うようになった、いつもここの料理を食べるとそうなってしまうんだ、

「変なことって？」

年のこととか、その他のどうでもいいようなことだよ、そう言って私はアオキミチコに笑いかけた。四十代前半だが美しさを保った女性が目の前にいて、彼女とは懐かしい思い出を共有していて、つい最近裸で抱き合った、それだけのことだ、と私は思った。

Médaillon de truffe fraîche et pommes de terre

フレッシュトリュフと新ジャガイモのパセリ風味

トリュフを輪切りにし、オリーブ油で両面を軽く炒め、塩、コショウし、
マデラ酒で煮る。新ジャガイモも同様に輪切りにし、バターで両面に焼き色をつけ、
パセリの茎とチキン・スープでゆっくり火を通す。
土中で育まれた二つの相性がよく、まろやかな一品。

「ねエ、さっきはなぜムキになって年の話ばしたと？」

アオキミチコのキール・ロワイヤルのグラスはほとんど空になっている。既に頰も少し赤い。

ムキになってたか？

「なっとったよ」

オレはあまりムキになったりしないんだけどな、私はテーブルの上の今晩のメニューのカードを見ながら言った。「ヤリイカのソテー、ル・デュック風」に始まって、「フレッシュトリュフと新ジャガイモのパセリ風味」「地元産トマトのスープと地玉子のココット」「五島沖で獲れた伊勢海老のロティ、キャベツ添え」と続いているが、具体的にどういう料理なのかイメージできない。料理というよりほとんど美術か音楽の作品のようだ。各料理名の後に、例えばケッヘル番号とかBWVとか付くと、よく似合うと思った。

「ムキになるっていうよりか、何か必死な感じやった」

必死？

「うん、年をとったっていう話題やったけど、昔のヤザキさんば思い出したもん」

必死って何かイヤだな、

根性って書いたハチマキをしめてさ、汗びっしょりでがんばってる感じがするじゃないか、オレそういうのは嫌いなんだよ、

「なんで？」

「ああ、そういうのとは確かに違うね」

アオキミチコのシャンパングラスが完全に空になり、私はソムリエに白ワインをまかせた。トリュフとトマトスープに合う白ワインなんかわからない。当り前のことだが、信頼できるソムリエだったらとにかくまかせたほうがいい。何かを知れば知るほど、「すべてを知るのは無理だ」と思うようになる。特にヨーロッパのものについて、そう思う。四十を過ぎてから、私はそういうものに対して理解しようという努力をまったくしなくなった。フランスやイタリアやドイツのワイン、料理、音楽、絵画、そういったものに代表されるすべてについて、だ。理解する、という概念そのものを放棄したといっていい。ある料理を食べても材料や調理法を聞くことはしないし、モーツァルトの新しい演奏家のCDを買ってもライナーノーツの解説は読まないし、LDで映画を観ても監督の略歴などに興味を持てなくなった。そういうことにも、年齢が関係している。私はさっきアオキミチコに、もう二十八でも三十五でもないんだ、と言った。自分が老けてしまってもう何もできない、という意味ではない。早くデビューして、四十年も生きていると、集中力と時間と体力の

相関図がわかってくる。それで今の自分にどうしてもやりたい仕事があると、そのために必要な集中力の持続期間というものが予測できるようになる。可能性が無限ではなく、しかも欲望が大きい場合にはある種の憂鬱にとらわれる。優先順位があって、必ず我慢ということが必要となる、すべての欲望に応じることが不可能になる、それが老いというものだ、私はそういう意味のことをアオキミチコに言った。

「何を言ってるのかようわからん」

アオキミチコはそう言って笑い、新しく注がれたモンラッシェの白を口に含んだ。

「要するに何もかもはできんって気付くってことやろ？」

まあ、大まかにはそうだ、

「今頃、わかったと？」

え？

「そういうことはたいていもっと早い時期にわかるもんやろうが、学生の頃とかね、あれも欲しい、これも欲しいって思うとは子供だけやろ、今は子供でも欲のなくなってしもうて、この前話そうと思ったうちの息子の話はそういうことやったとやけどね」

息子に欲がない？

「長崎も塾が大流行《はや》りでね、みんな塾に行きよるとやけど、うちの子もみんなが行くけん行くっていうてね、あれはただ塾に行きよるっていう安心感だけやもんね」

また息子の話になってしまった、と私は思った。アオキミチコにとって最も重要な問題というのはいったい何なのだろう？　息子のことなのか、私とのこの前の情事なのか、それとも裁判になっているという友達の不倫なのだろうか、それらはお互いに関係があるのだろうか。それとも並列的に彼女の感情を刺激しているだけなのだろうか？　しかし私だって何が本当の目的でこうやってアオキミチコと食事をしているのか。食事そのものにも大変な魅力があるし、アオキミチコと会って昔の話をするのも楽しいし、彼女がまたその気になって一緒にベッドに入るかも知れないという期待だってある。私達が何かをする時の動機は単純ではない。人間は生活に不満があって例えば不倫に走るわけではないからだ。

「ヤザキさんのごたる中学生は今あまりおらんとやなかやろうか」

アオキミチコの頬の赤みが、モンラッシェを口に含むたびに少しずつ拡がっていく。どこかにはいるはずだ、と私は言った。今夜はアオキミチコのほうがワインを飲むペースが速い。早く酔いたいのかも知れないな、と思った。

「どこかにおるはずて本当にそがん風に思うとる？　何か全然違うてきとると思うとはうちだけやろうか？　息子と話すと何か恐くなる時のあるとよ、今、小説でさ、多重人格のものの流行っとると？」

いや詳しくは知らない、たぶんアメリカあたりの小説じゃないかな、

「自分の中に別の人間の何人か住んどるっていう話やろ、気持ちの悪かね」

ただの病気だし、面白くもなんともないよ、

「それで息子がね、ボクもそがん人のことのわかるっていうとよ、まじめな顔して、ボクがそがん風になったらおかあさんどがんする？　って聞くとよ、うちらの中学時代はそがんことなかったよね、いったいどがんなっとるとやろ」

多重人格とか精神分析は本当に詰まらないと思うんだけどな、

「どうして？」

不安定になった人間がサイコセラピストを頼ってくるわけだけど例えば不眠症だってずっと目を覚ましていればいつかは眠くなるわけだろう？　あなたのその不安感は幼児期のこの事件に関係しているのですって言われたって、それで解決になるわけがないじゃないか、

「アメリカはもちろんそうやけど今日本でも幼児虐待とかすごからしかね、親から殴られたりさ、ライターで焼かれたりした子供もたくさんおるとやろ？　そがん子供達はどがん大人になるかと想像したら恐ろしかと思わん？」

そういう子供達のことを考えるような余裕はオレにはないんだ、

「冷たかね」

そりゃ可哀想だって思うけどさ、何もできないじゃないか、子供はみんな何かしら傷を負って成長するもんだ、ひどい傷もあると思うよ、それから自由になることがとても不可

能だと思われるような傷もあるんだっていうのはわかるけどさ、オレは他人の傷には興味ないんだよ、そんなの興味を持つのは不健康だと思うな、

「なんで？」

この人に比べりゃ自分はましだとかこんな人がいるっていうのにわたしはどうしてこんなに不幸なのだろうとかそんなことを考えたって何にもならないじゃないか、

「でもライターで焼いたりされた子供は可哀想やろ？」

もちろんそうだ、でも子供っていうのは大体みんなどこか可哀想なんじゃないかな、

「なんで？」

だって力が弱いから何もできないんだよ、十何年間も親に養って貰わなきゃならないし、学校には教師だっているからね、何とか親のことを好きになろうとするだろう？　言って貰えるのはせいぜい可愛《かわい》い可愛いくらいのものだしさ、それで嘘ばっかり教えられるしな、

「嘘って？」

大人になるってことは周りとうまくやっていくことだっていう風に教えられるだろう？そんなことじゃ立派な大人になれませんよって自分で決めて何かやろうとすると言われるじゃないか、

「それがイヤやったとやろ？」

イヤっていうか嘘でね。自分がやりたいことを自分で決めることができて、それを実現

させる力を持つこと、それが大人になることなんだよ、子供にはそういう力がない、そういう意味じゃオレは早く大人になりたかったんだけどな、

「そがん意味やったらヤザキさんはもうあの頃けっこう大人やったごたる気のするけどね」

いや、力っていうのはそういうものじゃない、と私が言った時に、次の料理が目の前に置かれた。フレッシュトリュフと新ジャガイモのパセリ風味。薄べったく丸く切ったジャガイモの上に、同じ形に切りそろえられたトリュフがのっている。

「うち、このトリュフっていうのちゃんと食べると初めて、チョコレートの中に入っとるとは食べたことあるけど」

アオキミチコはそう言って直径三センチほどの円の中央にナイフを入れ、フォークで突き刺してトリュフとジャガイモを同時に口に入れた。頰の筋肉が動き、不思議な味、と呟いた。本当に不思議そうな表情になって、料理を食べる間ずっと黙っていた。それまでかなりのペースで飲んでいたワインにも手をつけなかった。正確な組み合わせと方法で「料理」となったトリュフはそれを口にする人から言葉を奪う。神経の働きが一瞬停止してしまう。すばらしい素材で、すばらしく仕立てられたスーツに初めて袖を通す時の気分をさらに凝縮したような、穏やかで深いエクスタシーがあり、それでいて酔いではなく覚醒を感じる。その香りや味わいによって何かを連想することはない。むしろ周囲から遠く隔て

られて際立つような感じになる。ロシアバレエの演技論の中に、表情と本質、という有名な項目がある。本質は常に表情に含まれるが、意識的に本質を表情に現すのは大変に難しい、というものだ。トリュフは本質だけで構成されていて、それは香りとか味とか栄養とか舌触りというレベルを超えて私達の喉を滑り抜ける。たとえ二百グラムのかたまりを丸ごと食べたところで、トリュフについて何かがわかるわけではない。本質そのものだからこそ、いつまでも謎のままなのだ。今の味わいはいったい何だったのだろう、という魅力的な謎だけが私達に残されることになる。それは気付かないところで発生して、一瞬にして消える圧倒的なオルガスムスのようなものだ。皿の上に何もなくなり、それをウエイターが下げた後、私とアオキミチコはしばらく黙っていた。トリュフの味わいは喉を通り過ぎるとすぐに消えてしまって、何か本質的なものと接触したという思いだけが残る。二人ともそういう思いにふさわしい話題と言葉を捜していたのだ。

やがてアオキミチコが口を開いた。

「ねえヤザキさん、ウィルマ・ゴイクっていう歌手の『花のささやき』っていう曲、憶えとる？」

私はうなずいた。

忘れるわけがないよ、今でも時々聞くよ、

「え？　あがん古か曲、どこかで売っとるとね」

カンツォーネ・ベストとかそういうやつには必ず入ってるよ、

「こっちのレコード屋はあまりそがん曲置いとらんもんね」

今度キューバに行って、昔のカンツォーネのヒット曲を録音して来ようと思ってるんだ、『花のささやき』は必ずやるから、出来たらプレゼントするよ、

「本当？」

アオキミチコはワインで赤くした頬をさらに輝かせた。

ウィルマ・ゴイクという女性歌手がうたう『花のささやき』は、私達が中学三年だった年の秋に大ヒットしたカンツォーネだった。秋には、二泊三日の修学旅行があって、私とアオキミチコには忘れられない二人だけの思い出があり、そこでは『花のささやき』が繰り返し流れていたのだった。

Soupe de tomate et œuf en cocotte

地元産トマトのスープと地玉子のココット

トマトスープは、トマトとタイム、ブイヨンだけで作る。

地玉子のココットは、まず、アスパラのピューレをひき、そこに卵を割り、

鶏のトサカと腎臓を入れて、湯せんにしたままオーブンに入れる。

焼き上がったら、その上に、チキン・スープと

生クリームとクレソンのピューレで作ったグリーンソースをかける。

スープとココットは交互に食すと互いのうま味がより引き立てあう。

二泊三日の修学旅行の宿泊地は熊本と別府だった。修学旅行という古臭い行事は今も残っているのだろうか、私が進んだ高校では受験に悪影響を及ぼすというわけのわからない理由で修学旅行は女子生徒のみで行なわれていた。だから、修学旅行という明治や大正を思わせる古い言葉からよみがえるのは、私にとってアオキミチコとの思い出だけだ。

私達が泊まったのは、熊本市内にある、修学旅行の生徒以外にいったい誰がこんなところに泊まるのだろうという何の特徴もない日本旅館だった。熊本城を中心に観光を終えて、夕暮れ時にその日本旅館に着くと、とにかく早急に風呂に入れ、と教師に命令された。食事の集合まで一時間しかなかった。数人ずつ分かれて押し込められた各部屋にそれぞれバスルームが完備されているわけではなく、温泉地ではないので全員一緒に入れる大浴場があるわけでもない。十人が限度という、家庭用よりは少し大き目の風呂が男子と女子にそれぞれ三つずつ用意されているだけだった。一クラス五十人平均で六クラスだから、それぞれ百五十人の男子と女子が、一度に十人しか入れない三つの風呂を一時間のうちに使わなくてはいけないのである。まるで小学生の算数の問題だが、十人のグループで十分強の時間しかなく、まるで収容所か軍隊のような慌ただしい入浴となった。

私はクラスの男子全員で決めて十人がリミットという広さの風呂に二十数人で入ることにして、ほとんどどこかのお祭りのようにひどい人口密度のままはしゃぎまくって、浴槽のお湯を全部使ってしまい、水とお湯の出る蛇口をそれぞれ一つずつ壊し、出入口の戸のガラスが割れて四人の生徒が怪我をしてしまった。旅館の人と教師全員がその風呂場に集まって来て、連帯責任ということで私のクラスの全員が夕食後の外出を禁止された。

私達のクラスは、実は旅館に到着する前に、既に一度外出禁止を言い渡されていた。「市街地で公序良俗に反するような歌謡曲を絶対にうたわないように」と担任から言われていたのだが、熊本市に入ったとたんに当時流行《はや》っていた『骨まで愛して』という当時としてはセクシーな歌を男子全員で大合唱したのだった。面白がって大合唱に加わる女子もいたし、担任の教師は「止《や》めろ！　お前ら、オレの言ったことを忘れたのか」というようなことを言わずに白けた顔で窓の外を眺めていた。窓を全部開けてあたかも熊本市民に聞かせるかのようにフルボリュームで間奏までハミングしながらうたい続け、私は途中、ちょっとやり過ぎかな、とも思ったが、担任の教師が別に怒った様子もなく外を見ていたので、そのまま旅館に着くまで、もうすぐ到着ですから少しだけ静かにしましょうね、という佐賀県出身のバスガイドの注意など無視してエンドレスで大合唱はえんえんと繰り返された。

担任は、ヤマナカという名前の、女子ソフトボール部顧問をつとめる小柄な数学の教師だった。私達が歓声を上げながらうたい終わると、ヤマナカはまるで「あしたは気圧の谷が近づいてきているので夜半から雨になるでしょう」と告げる天気予報のアナウンサーのようなクールな口調で、「えー、約束を破ったので君達は全員今晩の外出は禁止だ」とマイクを持って言ったのだった。

二重に外出禁止になってしまったな、と思いながら、四人の教師に囲まれる形で旅館の玄関ロビーまで歩かされた。四人は代わるがわる文句を言い、思い出したようにこづいたり殴ったりした。既にロビーには他の各クラスの正副委員長と各部屋別の班長がきちんと整列して待っていて、その全員の前で私は晒《さら》し者になり、やってはいけないことをすべてやった生徒として断罪された。断罪のやり方はいつもと同じで、「班長であり、クラス委員長でもあるのに誰よりも悪いことをやった救い難い人間」というものだった。

そういうことのディテールを憶えていたのはアオキミチコのほうだった。

「うちはびっくりしたよ、お風呂場でガラスの割れる音のするし、ヤザキさんはそれでも平気な顔ばしとるとにヤマナカ先生は泣きそうな顔して、すべてわたしの責任ですってずっと謝ってさ」

オレは別に平気というわけじゃなかったんだよ、すごい殺気を感じてたからね、すごく、怖かったんだ、

「旅館の人も心配そうに集まってきとったもんね、ガラスの一枚や二枚別にいいですから

って、ヤザキさんがあんまし叱られるけん、そがん言うて助けようってする旅館の人もおったやろ？」

アオキはよく憶えてるな、オレはヤマナカの情けない表情しか記憶にないよ、

「生徒はみんな、あ、またかって思うとっただけとにね、あと学校内のことやなくて、旅館っていうことでみんな神経質になったとやろうね、ね、あの時、一段落してヤマナカ先生と隅っこで何か話したやろ？　何ば話したと？　ヤマナカ先生がヤザキさんば玄関の隅に引っ張って行って、何か小さか声で話しよってさ、それでいきなりヤザキさんはまた何発か殴られたやろ？　あの時、何ば話したと？」

オレは別に何も言ってないんだ、そう言えばヤマナカとそうやってこそこそ話したってことはすっかり忘れてたよ、彼が一方的にオレに向かって喋ったんだけどね、

「何て？」

彼は他の教師に目立たないようにオレをロビーの隅に連れて行ったんだ、その場所には何か観葉植物かでかい盆栽みたいなのがあってちょうどみんなから隠れるようなところでさ、

「あのね、レモンの木のあったとよ」

レモン？

「うん、レモンの実はなかったけどね、これは珍しいレモンの木です、って植木鉢の横に

書いてあったもん」

本当によく憶えてるな、

「ヤザキさんが先生達に囲まれてロビーに来る前にね、サンキストって葉っぱに書いてあるよってうちが嘘ばついてみんなが寄ってきて喋ったりしたけんね、レモンの木の陰でまたヤマナカ先生から叱られたと？」

叱られたっていう感じじゃなかった、あいつは目に涙を浮かべてたよ、よく聞いてくれっていう風に本当にオレにしか聞こえないような細くて小さな声で言ったんだけど、まずオレのオヤジのことをね、立派な美術教師で闘争的な組合員でもあるし本当に尊敬してる人だみたいな関係ないことから話を始めたんだ、何ていうかこれから死刑を宣告する裁判官のようなしみじみとした話し方でさ、知ってる？　罪が重い被告には裁判官は優しく静かに話しかけるもんなんだよ、オヤジのことなんか言いやがってこいつはどういう説教をする気なんだろうって何だか不気味だったな、家庭訪問の時なんかヤマナカはうちを一番最後に回してオヤジと一緒に遅くまで酒を飲んでいったもんなんだよ、彼は学生時代にちょうど六〇年安保を体験していてオレのオヤジはその頃ちょうど日教組の執行委員をやっていたし、そういった点でも共通の話題があったようなんだけどね、で、ひとしきりオヤジのことを話した後で、お前のことがわからん、と本当に目に涙を浮かべて言うんだ、二年、三年と二年間も担任をやってきたわけで、オヤジさんともよく話をしたのに、お前のことはまったくわからん、とこういうわけだよ、ずいぶんわかろうと努力したがこれでもうオレはあきらめる、ヤマナカがあなたの息子についてもう指導するとか何かを教えるとかとにかく教育ということについて完全にあきらめましたとオヤジに伝えてくれって言うんだ、信頼とか約束、それも単なる担任の教師と一人の生徒というものではなく、他の一般生徒とのパイプ役の学級委員長がこのオレを何回となく平気で裏切った、もうオレは完全に自信を失った、公立中学は退学はないし何をやってもいい、お前の好きなようにやってくれ、オレは何も言わんしもう叱りたくもない、ただし、こういうオレのクラス以外にも迷惑が及ぶような場所では頼むからやめてくれ、この旅館でこんなことが起こったのは初めてのことらしいし、バスガイドも言っていたがあんな歌を市街地でわざわざ窓を開けて大合唱したのも初めてのことらしい、それで一言、最後に、これは説教じゃなくてオレの忠告なんだが、お前のことを考えて言う最後の言葉だと思ってくれ、なんて息をひそめてヤマナカはオレの肩に手を置いて言うんだよ、オレもちょっと緊張したんだけどね、

「先生は何て言うたと？」

他人とうまくやっていけない人間はどんなに優秀でも必ずダメになる、みたいな意味のことを言ったよ、信頼を簡単に裏切ってしまうやつは本当の人間のクズなんだってね、浮かんでいた涙があふれてツーッと頰を伝わり落ちてさ、オレは大人が泣くのを見るのが嫌いだから、やだなって思ってたんだけど、

「その後、殴られたやろ?」

うん、頬っぺたを張られたんだけど、

「何か言うたと?」

大したことじゃない、と言おうとした時に次の料理が目の前に置かれた。地元産トマトのスープと地玉子のココット。地玉子のココットのほうは卵の黄身をつぶしてからお召し上がり下さい、そしてスープとココットはどうぞ交互に召し上がって下さい、とウエイターが教えてくれた。

二種類のスープ状の液体を同時に交互に飲む料理なんか生まれて初めてだった。大きさの違う二つのボウルが一つの皿の上にのって、トマトスープのほうは鮮やかな赤、ココットのほうはクレソンのドロリとしたグリーンソースがかかっている。まずトマトスープを一口飲み、その後で緑と黄色の卵が溶けた濃密な液体を口に入れる。同じようにして二つの味を試したアオキミチコが私のほうを見て、たまらない、という風に目をつむり、その後私の同意を求めるように何度も軽くうなずいた。既にボトルの四分の三が空になっているモンラッシェのせいでアオキミチコは頬を赤くして、一言も発することなくスープとココットの両方を平らげ、ウエイターが皿をさげた後に、短い溜め息をついた。

口の中と喉で何かと何かが混ざり合って、からだの奥へと吸い込まれていった。一口目では、トマトと卵の黄身とクレソン、などと脳が反応していたが、二口目で言葉がすべて失われた。何と何の味が舌の上で混じり合っているのか、そういうことがどうでもよくなって味覚と舌触りからやってくる快楽が言葉を奪ったのである。自意識も消えていて、何かが自分の中で溶け合っているという感覚だけがスプーンを動かしている間持続して残った。何かが自分の中で混じり合い溶け合っているという感覚、好きな男に射精された女はそういう感覚を持つのだろうか、そんなことを考えた。何かが感覚器に触れて、からだの内部でそれが溶け、言葉を奪い自意識を消して、官能的な余韻と溜め息だけが残る、まるでセックスと同じじゃないか、と私は思った。ひどくエロティックな気分になってしまった。アオキミチコはしきりに唇を舐《な》めている。唇が濡《ぬ》れて、口紅の色が濃くなったような気がするし、ゆるやかに内側にカールしている髪も艶《つや》が増したように見えた。そうだ、髪だったんだ、と私は言った。

「え？　何のこと？」

アオキミチコは私が何を言ったのかわからなかったのだろう、ワイングラスを右手に持ったまま、首を軽く右側に傾けた。

アオキの髪だよ、

「何の話？」

さっき話してたことだ、ほらレモンの木の陰でオレはヤマナカに殴られただろう？

「ああその話、さっきのスープで忘れてしもうた、よく憶えとったね」

あの時熊本の旅館の玄関のロビーで、私は涙を目にいっぱい溜めたヤマナカという教師から、お前のことを信頼するのはもう止める、と言われたのだった。私はヤマナカの話を聞きながら、レモンの木の枝と葉の隙間《すきま》からアオキミチコを見ていた。クラス委員や班長は私に背中を見せて整列していたが、アオキミチコの濡れた髪の毛が他の女生徒とは際立って私の目を奪っていた。急いで入浴して集合したために、洗いたての髪がまだ乾いてなかったのだ。ただ濡れているというだけなのにアオキミチコの髪にどうしてこれほどドキドキするのだろうと不思議だった。

オレは、話題を変えたくて、そのことをヤマナカに言ったんだ、

「え?」

アオキの髪が濡れてきれいですよって、そしたらあいつは何も言わずにオレを殴ったんだよ、そう言うとアオキミチコは一度驚いた顔をして、その後楽しそうに声をあげて笑った。

Rôti de langouste de Goto aux choux

五島沖で獲れた伊勢海老のロティ　キャベツ添え

伊勢海老を半等分して、塩、コショウし、オリーブ油、ニンニク、
エストラゴンとともにオーブンで焼く。キャベツは茹でた後、
たっぷりのバターとチキン・スープで炒め、皿にしく。
そこへ焼き上がった伊勢海老をのせ、頭のほうに焼いたエストラゴンを、
身のほうに新鮮なエストラゴンを飾る。
ソースはボルドー産の赤ワインをたっぷりと使ったもの。
海と山の味が、皿の上で互いのよさを競い合う。

風呂上がりで髪が濡れていただけでなぜあんなにドキドキしたのだろう？　しかもそのことをずっと忘れていたのにさっき料理のせいで思い出してしまった。

「でも、その後、二人で先生のところに行ったよね」

私はうなずいた。当り前だ、そんなことを忘れるわけがない。正副委員長と班長の集まりが終わると、私は副委員長であるアオキミチコと他の班長を呼び集めて言った。オレはどうなってもいいがクラス全体が外出禁止というのは納得できない、今からアオキとヤマナカ先生に頼みに行くからみんなも協力してくれ。協力といったってどうすりゃいいんだ、などと言う班長はいなかった。トラブルの処理に関して、私は信頼されていたのだ。私は胸をドキドキさせながら髪が濡れたままのアオキミチコに言った。二人で先生のところに行こう、オレとアオキが二人で責任をとればそれでよかって思わんか？　クラス委員が責任をとって他のみんなは外出させてやろう。

「うん、あの時うちはけっこう男らしか人やねえと思ったよ」

他の班長達も感動の眼差《まなざ》しを向けて、私は濡れた髪のアオキミチコと教師達の部屋に向かった。

よく磨かれた日本旅館の板張りの廊下を並んで歩きながら、私はアオキミチコに、悪いのはオレ一人なのにアオキにも手間をとらせてゴメンな、という意味のことを言った。アオキミチコは、クラスの他のみんなが外出できればそれでいいと思う、という風に答えてくれた。

「うちはあの時自分が殉教者かなんかになったごたる気のして、心臓がドキドキしとったとよ」

そう、私達はまるで殉教者のようだった。自分達二人が犠牲になって他のみんなを救うんだ、という真剣な表情で、教師の部屋の前に行き、ヤマナカ先生にお話をさせて下さい、としっかりした声で言った。教師達の部屋をそっと覗くと、ヤマナカは隅で茫然《ぼうぜん》としていた。さすがに泣いてはいなかったが、「女子ソフトボール部」というローマ字のロゴの入ったビニールバッグをからだの横に置き、荷物の整理などもまだできてないようで、ただ宙を眺め、煙草を吸っていた。ヤマナカ先生、ヤザキとアオキが話のあるていって来とりますけど、と他の教師に言われて、ヤマナカの顔に再び緊張が走った。

「あの時のヤザキさんの話には正直言うてうちも感心したよ」

話をする機会を与えていただいてありがとうございます、と私はまず深々と頭を下げた。ヤマナカは驚き、他の教師達の前で、担任としての威厳が少し回復できたといううれしさが顔に現れた。よしガードがゆるんだ、と直感した私は肩を落とし顔を下に向けたまま、悲痛な声で話しだした。

当り前のことですが責任はすべてボクにあります、副委員長ということでアオキもこうして来てくれましたが悪いのはボクです、さっきヨシムラが泣いていました、先生、ヨシムラはおばあちゃんに熊本名物のムツゴロウの甘露煮を買って帰ると約束したらしいんです、ヨシムラのおばあちゃんは有明《ありあけ》の人でムツゴロウが好物らしいんです、ヨシムラはおばあちゃんに育てられて、ムツゴロウが買えないので悲しかったのだと思います、ボクはそういう人間の誠実さとか愛情というものを考えることができませんでした、きっとクラスの他の友達もヨシムラと同じように何か大切なことがあったり、とても楽しみにしていたと思います、それをボクはみんなをまとめなくてはいけない立場にいながらそれができないどころか、一人で外出禁止のもととなる状況をつくってしまいました、先生が外出禁止にするのは当然です、ただボクがお願いしたいのは、他のみんなには罪がないということです、ボクは、ヨシムラが泣いているのを見てやっと気付いたんです、ボクとアオキが代表して反省しますから、どうか他のみんなを三十分でもいいですから外出させてやって下さい……私がそういうことを言った時のヤマナカの顔は複雑だった。私は他の先生にも聞こえるようなしっかりした声で喋ったのだ。

ヤマナカは教師としての屈辱を晴らすことができたというよろこびを隠そうとしていた。ヤザキのことはまだ全面的には信用できん、といった表情を保とうとしていた。こんな奴の言うことで単純に喜んではいられない、今まで何度だまされたかわからない、ヤマナカはきっと自分にそう言い聞かせていたに違いない。私に対してどういう態度をとっていいか迷っていた。その時にアオキミチコが言った。わたしが責任をとりますから女子のほうも三十分だけでも外出させるようにして下さい。アオキミチコの声は少し震えていた。

「先生にあがんこと言うとは初めてやったもん」

ヤマナカは静かに、だが勝ち誇ったような優しい口調で、オレももっとよく考えてみて食事の時に結果を伝えるからそれまで他のみんなには待ってるように言いなさい、と言った。私は、肩と視線を落としたまま、はい、と返事して、何度も頭を下げてからその場を離れた。

各部屋をアオキと二人で回って、外出禁止令の解除がかかっているのだから食事前も食事中も病気のばあさんのように元気なく下を向いて、会話をしないように、と言って回った。特にヨシムラには、もし食事前に禁止令が解除されない場合には「いただきます」の号令がかかってもメシに手をつけずにできれば今にも死にそうな悲しい顔をして、もし可能なら泣け、と言った。ヨシムラは、ニコニコしながら、まかせといて、と言ったが、結局ヤマナカを最終的に動かしたのはやはり彼だったのだ。

三年二組の生徒だけこちらに注目してくれ、と食事を前にしてヤマナカが言った。クラス委員であるヤザキとアオキから外出禁止を解いてくれるようにと言われてボクも考えたが中学の最高学年としてやはり自分達のしたことには責任をとるべきだと考えて今夜だけはそのまま外出禁止とすることに決めた。

仮にヤマナカが突っ張って食事前に禁止令が解けなくても絶対に不満の声を上げたりしてはいけない、と私はみんなに教えておいた。二組の生徒は全員一言の抗議のブーイングもなく、悲し気にうつむいたまま食事を始めた。他の五クラスの生徒が大はしゃぎしながら大しておいしくもないハンバーグとかマカロニサラダを食べ始めたので私達の異様な静けさはよく目立った。ヨシムラの演技は圧倒的だった。すべての生徒は体育の時間に着るジャージやトレパンをパジャマ代わりにしていたが、運動がまったくできないヨシムラは特別に浴衣を持参してそれを着ていた。小児麻痺、小児結核、日本脳炎、と昭和三十年代の子供にとって最大の脅威だった病気にすべてかかり、三回木から落ちて二度車に轢《ひ》かれたヨシムラの胸やからだは十四歳だというのにまるで七十歳のように枯れきって、浴衣がはだけた骨だらけの胸には真一文字にものすごい手術の跡があった。いつ死んでもおかしくないと言われていたヨシムラが、よりシリアスな顔をして、まったく食事に手をつけなかった。他のクラスの先生が、どがんしたとかヨシムラ少しは食べんば力のつかんぞ、などと声をかけたりしたが、ヨシムラはただ悲しそうに首を振るだけだった。

そして、私達はついに勝った。ひとかたまりになって相談していた教師達は、食事中に私たち三年二組の外出禁止令を解除したのである。

「あの後、なんでヤザキさんがこがんことば言うとやろか、と思うたけど」

禁止令解除の後、私はアオキミチコに近づいて、オレ達は責任を取ろう、と言ったのだった。え？　とアオキミチコは驚いた。

みんなが楽しそうに日本旅館の玄関を出て行った後、私とアオキミチコはロビーのソファに並んで坐って、自主的に「反省会」をした。反省会といっても私にとってはただのムダ話だったが。車の中では歌謡曲の合唱は避ける、集合時間厳守のため決められた時間のさらに五分前に集まるよう心がける、バスガイドさんの指示に従う、バスガイドさんをからかうのはやめる、みたいなことを言い合ってはアオキミチコがノートにそれを書きとめていた。そこへヤマナカが通りかかり、反省会をする私達二人に気付き、今度ばかりはヤザキもわかってくれたようだから二人とも少し外出して来なさい、と教育者として今夜は非常にいい思いをしているという満足しきった顔で言った。

私達は二人きりで夜の熊本の街に出て行った。私は十四歳にして、冷静に状況を判断しミスのない行動をとれば不可能に思えることでも成し遂げられる場合があるのだ、ということを実感した。私の目的は、もちろんアオキミチコと二人きりの時間を過ごす、というものだった。

「でもヨシムラ君が待っとったとよね」

ヨシムラはしようがなかった。状況を変えたのはヨシムラの力だったからだ。ヨシムラは十八歳未満お断わりの映画館に無事入ることができた時と同じくらいのよろこびようで、私を待っていた。ケンちゃん、ケンちゃん、ものすごうかっこよか店ば見つけたけん、一緒に行こう、ね、アオキも行こう。

　その店はお土産屋が並ぶ通りの裏手にあるスナックで、『マンハッタン』というピンク色の妖しげなネオンが点《つ》いていた。

「入るとにうちは勇気の要ったよ、それでヤザキさんは全然反省しとらんとねってわかった」

　妙な店だった。看板は一階に点いていたが、入口は二階にあった。階段も入口も店の中も薄暗くて、カウンターだけの狭いスナックだった。客は他に誰もいなくて、窓からは外の通りが見えた。

　お前ら中学生だろう、こんなところに来ちゃだめだ、と言われることもなく、店のマスターは、何を飲む？　と私とアオキミチコとヨシムラに聞いてくれた。大人しそうなマスターで、私達はメニューにあった『マンハッタン』というカクテルを飲んだ。どんな味だったかよく憶えていない。

「不思議な店やったね、『花のささやき』がずーっと繰り返してかかっとったし」

　伊勢海老を食べながらアオキミチコがそう言う。私はずっと熊本の夜のことを思い出したり喋ったりしていて、伊勢海老が運ばれてきたことに注意を払わなかった。皿の上いっぱいに敷きつめられたキャベツの上にオーブンで焼かれた伊勢海老がのって、強烈で微妙な香りが漂ってくる。キャベツの甘い匂いの中から際立って立ちのぼってくるのは、エストラゴンの香りだ。焼き上がった海老の頭のほうには焼いたエストラゴンが飾ってあり、身のほうには新鮮な緑色のエストラゴンが置かれている。伊勢海老はもともと強い香りづけを嫌う。キャベツの甘さがエストラゴンの香りを穏やかなものにしている。エストラゴンの香りは、甘い雰囲気の中に隠された意志のようだと思った。

あの熊本のスナックには、ニューヨークのマンハッタンのカラー写真が飾ってあった。半透明なアクリル板に印刷されて裏側から蛍光管で照らし出されていた。甘いカクテルを暗いスナックで飲み、左横には美しい横顔の初恋の女性がいて、右横には病気と怪我を繰り返して生きてきた親友がいて、『花のささやき』というどうしようもなくセンチメントなカンツォーネが流れ、窓からヤマナカら二、三人の教師が下の通りを歩いているのを見て「バーカ」と三人で笑い合いながら、私はそのニューヨーク、マンハッタンの、蛍光管に浮き出たビルの群れを見ていた。見ながら、いつかこのビルの群れのある街に行くぞ、と思った。

小説家としてデビューして、すぐにニューヨークに行った。ＪＦＫに着き、タクシーで橋を渡りながら摩天楼が見えた時、熊本のそのスナックを思い出した。今までニューヨークには百回近く行っているが、クイーンズとマンハッタンをつなぐ橋から摩天楼を目にするたびに、その熊本のスナックの壁にかかっていた蛍光管の額の写真を見ていた時のことを思い出してしまう。何があってもニューヨークに行ってやるぞという決意みたいなものではなかった。それは約束事のようなもので、意志を孕《はら》んでいたような気がする。自分はいつかこのビルの群れの街に必ず行くことになるだろう、自分の中の自分自身より強い何かが自分をこの街に連れていくだろう、そういう、予感に似た意志だ。そういうことをすべて思い出して、アオキミチコに伝えようかと思ったが、言うのを止めた。モンラッシェで酔い、完璧な仕上がりの伊勢海老を食べながら、アオキミチコはあの熊本の夜の面影を確実に残す端正な顔で微笑んでいる。

彼女は、マンハッタンに行ったことがない。

Salade de canette de France "cheveux d'ange" de légumes

フランス産　仔鴨のサラダ　天使の野菜達

仔鴨をローストし、胸肉は薄切りにする。
もも肉は、骨をはずしてもう一度オーブンで温め３枚に切る。
ドレッシングは、鴨の焼き汁に、コニャック、マデラ酒を加えたものに、
ワイン酢、クルミ油、鶏肝のピューレを加えて作り、鴨肉とあえる。
盛りつけた鴨肉の上に香草、大根、ニンジンの細切りをのせ、
残りのドレッシングをかける。

『エリタージュ』での食事を終え、二カ月前のあの夜と同じように歩いてホテル・ヨーロッパの運河沿いの部屋に戻って来て、軽くキスを交わし、ソファに腰を下ろして、アオキミチコはその話を始めた。これだけは話しておかなくてはいけない、というような切実な感じではなく、言い忘れてたからちょっと話しとくね、といったようなあっさりした口調だった。

「こがん感じで、ここで、ヤザキさんと会うとはこれで最後にしようと思う」

飲んでいた清涼飲料水の味が変わったような気がした。

何で？

「お願いやけん、聞かんで、うちもいろいろ考えて決めたからね、今、それで何時になった？　うちきょうは時計してこんかったから」

十時を少し過ぎたところだけど、もう帰るの？　私は信じられなかった。なぜ、今になってそんなことを言いだすのか？　なぜもう会わないと決めたのか？　食事中に何か不愉快にさせることを言ったのだろうか？　知らないところでアオキミチコを傷つけていたのだろうか？　前回のことが原因なのだろうか？　だったら今夜はどうして断わらなかったのだろう。多くの疑問が脈絡なく浮かんできて、私は自分がうろたえているのに気付いた。どうしてこれほど気分が沈んでしまうのだろう、と思った。からだ中から力が脱《ぬ》けたような感じで、私はアオキミチコの向かい側のソファに坐った。アオキミチコも私の顔色の変化に気付いたようだ。

「どがんしたと？」

自分でもよくわからない、と私は答えてアオキミチコの顔を見た。

いや、自分でもよくわからないくらい、がっかりしてるんだ、何かオレがまずいことを言ったり、したりしたのかな？

「違う違う、勘違いせんで、ただうちが勝手に決めただけでヤザキさんは何も悪いことはしとらんもん」

私は溜め息をついて、黙った。

「別にうちみたいなおばさんに会わんでも、ヤザキさんはきれいで若い女の人ばいっぱい知っとるやろうが、うちなんかとデートなんかせんでもっと若くてきれか女の人とせんばいかんよ」

そういう言い方はないだろう、と私は言った。アオキミチコが何か悲しいことをごまかすために、そういうちゃかしたような言い方をしたのだと私にはまだわからなかったのだ。

オレは自分がやりたいことをやってるんだよ、オレはここでアオキと会いたいから会ってるわけだし、あの料理を一緒に食べたいからお前に電話したりしたわけだからさ、もっと若くてきれいな女とデートすればいいじゃないかっていうのは、オレのことがイヤだっていう風に聞こえるよ。そう言いながら私は、お前は本当にがっかりしているのか、という自分の声を聞いていた。お前には家庭もあるし、食事の相手に困るわけでもない。アオキミチコの四十を超えたからだに自分の老いを重ねてある種の失望を味わったことだってあるじゃないか。どういう理由でアオキミチコがもう終わりにしようと決めたのかはわからないが代わりはいくらでもいるし、中学の同級生という今まではないタイプの人形を失《な》くしてしまったという程度のことじゃないのか？

そういう自分の声に、わからない、と私は答えた。

「じゃあ、うまく言えるかどうかわからんけどちゃんと言うね」

アオキミチコは視線をテーブルの下の絨毯《じゅうたん》に移して話した。上手に使い込まれたアンティックの絨毯だった。この絨毯がアンティックだったことに気付かなかったな、と思いながら私はアオキミチコの声を聞いていた。声は変わっていない。中学の教室が目に浮かんできそうだ。だが話の内容は四十を過ぎた女の告白だった。

「うちは、こういうことが楽しみになってしまったらどがんなるとやろうと思うて、ヤザキさんの小説とか読んだらそういう風に考えることが本当につまらんことってよう書いてあるやろ？　エッセイとかにもね、ワクワクすることが一番大切で、そのことを考えたら胸がドキドキして楽しくなって元気になること？　それが何よりも大切ってことはうちにもわかるよ、でもね、もう体力がないってはっきりわかった、こがんして、ヤザキさんに会うやろ？　家に戻るやろ？　うちの家はこのホテルみたいに立派やなかけど別に不満はなかし、うまく言えんけどヤザキさんからの電話ばずーっと待っとるわけでもなかとやけどね、何か運動のクラブに入ってね、その競技も好きやし、でも練習に付いていけん、ひどいたとえて思うかも知れんけど、大体そういうことかな、元気の出らん話でごめんね」

何度かこういうことはあったよ、と私は言った。本当に何度もあったことだ、と思った。嫌いになったとかそういうわけじゃない、ただ疲れてしまってもう耐えられない、そういう風に女から言われる時、要するに自分はもう必要とされてないんだな、と思うことにしている。どんなにエクスキューズがあっても結局はそういうことだ。ただし相手がどのくらい疲れていて、それがどのくらい辛いことなのかは絶対にわからない。想像するしかないが、そういう想像は嫌いだ。

しようがないよ、と私はアオキミチコを見た。

決めたんならしようがない、ところでさっき時間を聞いたけど、帰るんなら送っていくよ、

「あと、二時間ある」

真剣な表情でアオキミチコが言って、二時間か、と私は呟いた。ラブホテルの御休憩タ

イムと同じだな、そう付け加えると、何をしてもいい、とアオキミチコが背筋をのばして私を睨《にら》んだ。

「ね、ヤザキさん、ベッドに行く？」

アオキミチコは私から視線を外さない。

失礼なことを言って悪かった、と私は謝った。こんなことを考えるのは初めてだな、と思った。二時間後にタクシー乗り場まで送って行って別れるのではなく、例えば地球が破滅するとしたら、それまでこの女とオレは一体何をするだろう、と考えた。セックスをすべきなのだろうか。そもそもオレはこの女と今セックスをしたいのだろうか。私はアオキミチコの乳首を思いだした。二人の子供に吸わせて黒ずんで大きくなった乳首を見ながら射精するところを想像した。

さっきのメインディッシュだけどやっぱりすごかったな、アオキミチコの乳首を思い描いてほとんど無意識に料理のことを話しだした。その場のムードは深刻なのに何をすべきなのか何を話題にしたらいいのか迷ってしまうことがよくあって、そういう時のためにヨーロッパの貴族達は料理を含めたあらゆる表現と様式を高めよう、進化させようとしてきたのではないのか、そんなことを思いながら話した。メインディッシュがサラダだなんてオレは初めてだったよ、あの鴨の肉がどうやって調理されたのか、まったくわからない、あの繊細さに比べたらトゥール・ダルジャンの鴨は平凡だよね、そうやって喋りだすと、まるでたった今食べ終わったばかりだというように、脳にではなく舌や喉や器官に具体的な味の記憶がよみがえってきた。本当に、時間が縮んでしまったようだった。天使の野菜達、あのメインディッシュにはそういう名前がついていた。細く薄く切られた野菜、鴨の胸ともも肉、そしてそれらを際立たせながら、一つにするために用意されたドレッシング・ソース。あれほどきれいな色のドレッシングは見たことがない。肉と野菜を一口味わった後に皿にかけられた不思議な色合いのドレッシングを見ると、それがまるで未知の世界の渓流のように見えてしまった。異質なものを優しく結び合わせるために、表面にさまざまなものを映しながら水飛沫《みずしぶき》をあげ流れていく曲がりくねった川。

不思議だな、と私はアオキミチコに言った。あの料理は食べている時には言葉を失ってしまう、考えていたはずのことも忘れてしまう、自分のからだがこの料理を味わうためだけに今ここにあるようなそういう感じになってしまう、でも時間が少し経《た》つとあれは何だったんだろうと思う、食べている時に失った言葉がどこにいったのか必死で捜してしまう、その言葉が見つかれば過去が再現されるわけでもないのにな、捜してしまうんだよ、象徴的なんだろうな、

「言葉？」

うん、オレの場合は言葉なんだけど、自分とか自意識とかそういうものかも知れないな、つまらない話になったけど、

「うちは、そがん話をする時のヤザキさん、好いとるよ」

止めろよ、あまりうれしくないよ、私がそう言うとアオキミチコはこの部屋に入ってから初めて笑顔を見せた。

「なぜ、うれしくなかとね」

変な奴だなって自分のことを思うからじゃないかな、

「変やろうか？」

うん、変だよ、食べる時は、あ、おいしいなと思って食べて、その後は、ああおいしかったな、と思えばそれで充分じゃないか、それなのに言葉がどうのこうのとかさ、失われるとか捜すとか本当にうざったいと思うよ、

「うざったいって？」

面倒臭いとかうっとうしいとかそういう意味だ、オレの息子がよく使う言葉だけど、

「でも大切なことやろ？」

何がだよ、

「何か大事な感情をね、そのことを知らない人にもわかるようにするってこと」

大切かも知れないけど嫌いなんだからしようがないじゃないか、

「中学の頃、ヤザキさんの机のまわりにさ、男子が集まってみんなヤザキさんの話ば聞きたがったやろ、先生の悪口とかケンカの話とかエッチな話とか、あの頃とあんまり変わっ

とらんとうちは思うけどね」

オレが？

「ヤザキさん本人っていうより、ヤザキさんの役割っていうか、仕事っていうか」

中学の頃は楽しかったけどね、誤解しないでくれよ、今はそれが仕事になったから大変なんだっていうことじゃないんだよ、いいか、本当は、食べた、おいしかった、それだけで済むはずなんだ、一緒に食べた人も、うん、おいしかったねって言ってそれで終わりでいいはずなんだけどね、オレ達の、何かを伝えるという本能っていうのが、本質的に悲しいっていうか、さもしいんだと思うな、態とかライオンとかは言葉を持っていなくて伝えることができないから下等なわけじゃなくて、伝える必要がないだけだと思うけどね、妙な話になってしまったな……本当に妙な話になった、と私は思った。アオキミチコは私が喋っている間は頰杖《ほおづえ》をついてこちらを見ていたが、その後窓の外に視線を変えた。窓の向こうにはほとんど灯りが消えてしまった人工のヨーロッパがあり、先端に時計台のある塔がそびえ立っている。いつも思うことだが、あの塔を見ると現実感が消える。違う世界に迷い込んだような気になってしまう。二カ月前には抱き合った後にテラスに出てあの塔を眺めた。あの時の汗が冷えていく感じをよく憶えている。今は、何かが決定的に足りない感じがしてしまうがない。ただ、足りないものはセックスではない。

「話していないことがたくさんある」

そう言ったとたんに、アオキミチコの目にあっという間に涙がにじんできた。呼吸を整えるようにして、アオキミチコは涙があふれてこぼれ落ちるのを抑えている。喋り出すまでにかなり時間がかかった。

「たぶんヤザキさんが聞いたら笑いだすような下らんことやけどね、息子のこともそうやし、その他にもね、本当につまらん話、でもヤザキさんには話したくなか、恥ずかしかとか、よか思い出だけ残したかとかそがんことやなくて、信じられんかも知れんけど今こうやって話しよったら、そのことが本当につまらんことってわかる、でもね、別れて家に戻るやろ、そしたらうちはその中にまた戻るわけやろ、別にみじめな感じのするわけやなかけど、どんなにつまらんことでもそれは自分のことやけんね」

もういいよ、と私はアオキミチコの話をさえぎった。そして彼女の隣に坐って、肩を抱いた。時計を見せて、言った。あと一時間半だ、そういう話は止めろよ……。

Léger gratin de mangues à la menthe

マンゴの軽いグラタン　ミントの香り

マンゴを切り、バターとグラニュー糖で焼き色をつける。

その上にバターで炒めた別のマンゴをのせる。

さらにその上にマンゴアイスクリームをのせ、最後にミントの葉をあしらい、

キルッシュをふりかけて仕上げる。

ほのかに温かいマンゴと冷たいアイスクリームが口の中で溶け合う。

そのとき舌で感じる微妙な温度差が忘れがたい余韻を残すデザートの逸品。

肩に回した私の手をアオキミチコは握りしめてきた。悪夢から急に覚めた子供が怯えてそうするように、両手で包むようにして強く握りしめている。そして、一語一語を切るように、震える声で、私とこうやって会うのは本当に楽しかった、前回別れてからその後電話がかかってくるのが待ち遠しかった、私とセックスをしたいと思った、でもそういうことを自分の人生で最も大切なことだと考えるわけにはいかない、という意味のことを言った。わかった、もういいよ、と私はアオキミチコの顎に手をかけ、顔をこちらに向けてキスをしようとしたが、拒否された。

「うちのことがイヤになったやろ?」

アオキミチコがそう言って、私は三十センチほど離れて坐り直した。

「なぜ、今みたいなことば言うたとやろ、そがんこと言う必要なかとに」

どういうこと?

「ヤザキさんのことが人生で一番重要なわけやなかって」

だって本当なんだから別にいいじゃないか、オレは何とも思ってないよ、

「でも、言う必要はなかったと思う、自分がいじわるになったごたる気のする、あがんこ

と言わんで、さよならって気持ちよう別れようって決めとったとに、ごめんね」

ごめんね、と言われて、奇妙な感覚がからだのどこかに湧いた。どこからか懐かしい匂いが漂ってくるような、からだの深いところがムズムズしてきて、そのムズムズする器官はどこなのかまったくわからないというような、生理的な、感覚。

やがてその感覚が破裂するように、ある地点をクリックした瞬間にモニターに色鮮やかなグラフィックが展開するような感じで、記憶が開いた。夕暮れの、校庭だった。校舎の影に被われたグラウンドに、軟式野球のボールが転がっていく。鉄棒と砂場があるあたりで友達と喋っていたアオキミチコがそのボールを拾い上げ、私に向かって投げようとする。しかし、ボールはとんでもない方向に飛んでいってしまう。その時、アオキミチコは、笑いながら、

「ごめんね」

と、言った。映像は、朝の講堂に変わる。クラス委員の私とアオキミチコは、列の一番前に並んでいる。私は壇上で話す教師の声を聞いていない。隣にいるアオキミチコの気配だけを感じて胸をときめかせているのだ。ふいにアオキミチコがからだの向きを変えて、彼女の肩が私の胸にぶつかった。その時も、私は、

「ごめんね」

というアオキミチコの声を聞いた。教室に画面は変わり、窓から見える景色が黄色く濁

っている。春のある時期に大陸からの砂塵《さじん》が視界を黄色くする、黄砂、の頃だ。窓辺でアオキミチコが黒板消しをはたいていて、すぐ後ろで私が咳込《せきこ》んでいる。そのことに気付いて、彼女は、

「ごめんね」

と、言った。

たったの三回だ、と私は思った。中学時代の三年間に、アオキミチコが私に「ごめんね」と言ったのは、三回しかない。それなのに、レストラン『エリタージュ』を出てこの部屋に入ってから、アオキミチコは私に対し何回エクスキューズの言葉を言っただろう。前回別れてから、今夜こうして会うまで彼女は自分自身にどれだけエクスキューズしなくてはいけなかっただろう。

お前はいったいここで何をやってるんだ、という自分の声が聞こえてきた。アオキミチコとクラスが一緒だったのは三年生の時だけだった。委員長と副委員長だったが、ほとんど話なんかしなかった。二人きりで話しながら下校したことが二度あるが、住んでいる地区が別々だったので、並んで歩いたのはほんの五十メートルくらいだった。

十五歳で中学を卒業してから、私は自身の欲望に従って、さまざまなことを体験し、さまざまなものを手に入れた。アオキミチコに何か言わなければいけない、今、そういう思いに私は捉《とら》われている。あと一時間の間に、彼女に何を言えばいいのだろう。センチメン

トに支配されて、あの頃はよかったな、というようなことが口から出そうになる。だが、確かに、あの三年間は特別だった。何があったのだろう？　あの、中学校の三年間に、特別なものとして、私は何を得たのだろう。

　基準だ、と思った。ある何かのためだったらここまでは我慢できる、あるいは、ある何かのために自分の力をすべて使ってここから逃げ出さなくてはいけない、ある何かを誰かに伝えたい、伝えなくてはならない、アオキミチコはその「何か」を代表し、象徴していた。きれいで、とても手の届かない何か、この世の中にはそういうものが確かに存在することを、アオキミチコを通して、私は中学時代に知ったのだ。それは、その後の私の生き方に、基準を与えた。

「ヤザキさん」

　アオキミチコが私を呼んでいる。

「ね、ヤザキさん」

　私の腕を摑んでからだを揺する。大丈夫だよ、と私は声を出した。大丈夫だ、ちょっと考えてたんだ。

「びっくりした、急に放心したごとなってしもうて」

　何かいっぺんにいろいろ思い出してしまったんだ、そう言って私は立ち上がり、冷蔵庫からビールを出して飲んだ。飲むかい？　と聞くと、アオキミチコは首を振った。ビールの小瓶とグラスを持ったままアオキミチコの傍らに坐る。

「ね、いつもさっきみたいになると？」

いつもああいう風になってたら完全な病気じゃないか、

「でもびっくりしたあ、何か言われて怒る人とか、恐がる人は知っとるし、よう見るけど」

オレ、どうなってた？

「目のね、焦点が合うとらんで、うちを見とるとやけど気持ちは全然別のところに行ってしもうとるっていう感じ、あれ、何て言うたかね、魂とからだがバラバラになるやつ、魂がからだから出てフワフワとどこかに漂ってさ」

幽体離脱か？

「それ、そがん感じやったよ」

参ったな、

「何のことば考えよったと？」

私はアオキミチコに話した。ごめんね、と言われて思い出がいっぺんにオーバーラップした映像になって現れてそれでびっくりして中学時代のことをいろいろと考えていた、それ以前の小学生とか幼稚園は記憶も曖昧《あいまい》だしからだが小さ過ぎて何をするにも実行力が足りない、高校からは大人達による選別が始まるし生きていくための情報も集めなくてはならない、どう考えても中学時代は特別だったような気がしたんだ、こういうことはごくたまに起こる、何かちょっとしたこと、例えば誰かがふと洩《も》らした言葉や動作や景色を見たり音楽を聞いていたり映画を見ていたりしてる時に発作みたいに何かが起こって、情報が、オレの場合主に映像として浮かんで、その後、予感とか予兆があって、つまり何か新しいことが目の前に示されようとしているという予感だけど、もちろんそれは何かを発見するということとじゃなくて気付くということで、それまでも自分の中にちゃんとあった情報が処理されて違う配列で並ぶということだ。

「推理小説で犯人がわかる時に似とるね」

うん、今夜のデザート、憶えてる？

「何やったかね」

あたためたマンゴの上に、マンゴのアイスクリームがのってただろう？　あれはマンゴの味つけももちろんだけど、調理加熱されたマンゴとアイスクリームが口の中で溶け合う温度差を計算してつくられていたよな、

「思い出した、マンゴってあまり食べたことなかけん、わからんやったけど口の中で果物とアイスクリームが混じり合った感じが、何て言うか」

エッチな感じがしただろう？　私がそう聞くとアオキミチコはうなずいて視線をそらした。私達は恐らく同時に前に会った夜のベッドの中のことを思い出していた。重なり合っ

て、日常とは違うところで、溶け合う。熱帯の濃密な味の果肉とアイスクリームが舌の上で溶け合って、その甘さや触感や温度までが、「溶け合う」ということの中で消えていくように、私達はさまざまなことを抱き合うことで中和させ、消し去った。あのセックスの時に、消えていたものが、今この部屋で二人の間に報復のようによみがえり漂っている。もうあまり時間がないよ、と私は言った。あと三十分しか残っていなかった。

「あと三十分で地球が終わるって言われたら何ばするとやろかね？」

二人でかい？

「うん、やっぱりセックスやろか？」

オルガスムスの真っ最中に死ぬのは何かいやだしな、だからといってせっせと腰とか動かしてる時にドカーンっていうのもいやだよな、終わって放心状態で余韻を楽しんでいる時にやられるのもイヤじゃないか、それに子供つくったってムダだし、避妊するのも意味がないわけだろう、

「そうね、うちも何かセックスはせんような気がしてきた」

オレがもし歌手だったらアオキのために何か歌うんだろうな、ピアニストだったらピアノを弾きたいと思うだろうな、そういうことができるのは音楽家だけだよ、それもきちんとした訓練を受けた音楽家だ、

「家族とか、そういう、世の中で一番大切な人達と一緒やったらどうする？」

話をするだろうな、それぞれが好きな飲みものをゆっくり飲んでさ、まず楽しかった思い出をいくつか話して、本当に大切で充実したいい時間を一緒に過ごしたということを確認するだろうな、そういう時間を、一人でもなく、他の人とでもなく、今一緒にいる人と過ごしたんだということを確認するんだ、それは何にもかえられないもので、他のどんなことより生きているという実感があったということを確認するためにオレは話すと思うよ、

私がそうやって喋っている間アオキミチコはこちらを見ていたが、やがて視線を落とし、しばらくして言った。

「そういうこと、たくさんあった？」

え？

「あと三十分で世界が終わりっていう時に、思い出して確認できるような楽しかったこと、今までにたくさんあった？」

オレの場合は、悪いけどそういうことの連続だ、私がそう言うとアオキミチコは笑いだした。

「どがんしたらそういう風に生きられるとやろうか？　教えてくれん？」

よく聞かれるけど自分でもよくわからないよ、計算とか戦略があってやってるわけじゃないし、ただ、今こうやってアオキと会ってるせいもあるんだろうけど、どういう風に生きたいか、って思う時にね、ヨシムラのことをたまに考えることがあるんだ、

「ヨシムラ君ねえ、元気にしとるやろうか？」

元気にはしてないよ、死んでるかも知れないし、生きてても絶対に元気じゃない、あいつは心臓にしても肺にしても胃とか肝臓にしても普通の人の四分の一も機能してないんだから、元気なんかになれるわけないじゃないか、いつ死ぬかわからんもんっていうのがヨシムラの口癖だったんだからさ、あいつとは本当によく気が合ってよく遊んだよ、あいつもオレといれば何か楽しいことがあるって本能的にわかってたみたいだし、いつも面白いことを探してたよ、いつ死ぬかわからんもん、っていうのが、あいつの哲学だったんだ、自分が先生に殴られる時でも何か後で笑えることを探すような奴だった、オレはあいつと一緒に坂道を下りて映画を観に行く時のワクワクする感じを絶対に忘れないだろうな。

やがて時間がきて、アオキミチコは立ち上がり、鏡の前で髪と服を簡単に直し、私が開けて待っているドアのほうに歩いてきた。そして、ドアを閉める前に、私によりそうようにしながら、誰もいなくなった部屋とその向こうに暗く映る運河をしばらく眺めた。

解　説

村山由佳

物書きになって、喜ばしいことも多々ある代わりに、こんなはずじゃなかったと思うこともいくつかあるのだけれど、中でもせつないのは、ひとの小説を純粋に楽しめなくなってしまったことだ。国内・国外を問わず、誰のどんな作品を読んでいても、そしてそれがどんなに面白い小説であったとしても、頭の片隅には常にもう一人の醒めた自分がいて、冷静に批評を下している。

本来、読書は私にとって最高の娯楽のはずだった。読むことが好きで、読み終わった後カタルシスをもたらしてくれる小説に出会うと幸せで、その喜びを他の人にも味わわせたくて作家になったというのに、なったとたんに自分自身が読書の楽しみに没頭できなくなるだなんてあんまりじゃないか……と、思いはするのだがどうしようもない。

そんな私にとって、村上龍という作家の存在は、一筋の救いだ。彼の小説を読んでいる間だけ、私はまったくの読者に戻れる。純粋な読書の楽しみに首までどっぷり浸かることができる。最後の一文にたどりつくまで気持ちよく「我を忘れる」ことができる。

そういう作家がたった一人でも存在していること、しかもその人がまだ生きているばかりか充分に若くて、時代を予言するような作品を旺盛に生み出しながら目の前を走り続けていてくれることは、読者としてはもちろん、同時代を生きる作家としても、またとない幸運だったと思う。

ミレニアム・ドラゴン——西暦二〇〇〇年が辰年であることから、本家中国では近頃、そんな言葉が生まれているらしい。ドラゴン＝「龍」は古今東西、吉兆であると同時に荒ぶる神だった。現代の荒ぶる魂、村上龍氏は、その名のとおり、西暦二〇〇〇年を年男で迎える。

ついでに言えば、私も年女だ。ちょうど一まわり年下だから、一九六〇年代半ば、村上氏の分身ともいえる主人公・ヤザキケンが中学の同級生であるアオキミチコに淡い恋心を抱き始めていた頃、私はようやくよちよち歩きを始めたばかりだった。のちに高三になったヤザキケンが北高をバリケード封鎖していた一九六九年、私は幼稚園児だった。そうして、小説「69」の単行本が世に出た一九八七年。私はそろそろ二度目の年女となろうとしていた。自分が何者でもないということに遅ればせながら思い至り、漠然とした不安をもてあまし始めていた頃である。

そういう私にとって、「69」の全編にあふれるパワーは、あまりにも刺激的で圧倒的だった。あとがきに、村上氏はこう記している。

〈こんなに楽しい小説を書くことはこの先もうないだろうと思いながら書いた。……楽しんで生きないのは、罪なことだ。わたしは、高校時代にわたしを傷つけた教師のことを今でも忘れていない。数少ない例外の教師を除いて、彼らは本当に大切なものをわたしから奪おうとした。彼らは人間を家畜へと変える仕事を飽きずに続ける「退屈」の象徴だった。……唯一の復しゅうの方法は、彼らよりも楽しく生きることだと思う。楽しく生きるためにはエネルギーがいる。戦いである。わたしはその戦いを今も続けている。退屈な連中に自分の笑い声を聞かせてやるための戦いは死ぬまで終わることがないだろう〉

　この勇ましい文章を読んだ瞬間に私を襲ったのは、しかし、何ともいえない居心地の悪さだった。まるで、ガラスを爪でこする音を無理やり聞かされているような気がした。

　もちろん私にも、教師の言動に傷ついた思い出ぐらいいくつもある。誰にだってあるはずだ。それでもたいていの人間は、時間とともに許すか忘れるかしていくものなのだ。なのにこの村上龍という人は、二十年近くも前のことをしつこく根にもって「復しゅう」し続けようだなんて、ちょっと変わってる……。あの時の私は、そんなふうに考えることで、へんに波立ってしまった自分の内側にどうにかケリをつけた記憶がある。

　あれから、再び十二年が過ぎようとしている。その間に、いつのまにか私自身も物書きになり、さらには「69」を上梓した時の村上氏と同じ年になってしまった。高校時代はなお遠のいたものの、今ならあの時の居心地悪さの正体が何だったのかがよくわかる。

私は、つまり、ごまかしていたのだった。青春という、呼び名こそ甘酸っぱいけれどそれでなくても生きにくくて痛かったあの時代に、自分を傷つけた大人たちのことなど、たとえ何年たとうが忘れられるはずがない。ただ、「復しゅう」の気持ちを保ち続けるには確かに膨大なエネルギーがいる。まさに「戦い」である。その「戦い」から逃げるために都合よく忘れたふりをしていた私の欺瞞《ぎまん》を、氏の言葉は鋭く突いた。だからこそ、あんなに居心地悪かったのだ。

たとえば「69」のヤザキに代表されるように、村上氏の描く若い主人公は、凡百の青春小説の主人公たちのように「ほんとうのこと」を求めて悩んだりなどしない。彼らにとって「ほんとうのこと」、すなわち生きる基準・価値観は自分の中だけにあるので、わざわざ他人の中に答えを探す必要がないのだ。そのかわり彼らは、大人の「嘘」や「ごまかし」を許さない。徹底的に見抜いて、とことん暴きたてる。その正直さ、的確さといったら残酷なほどだが、それがいっそ気持ちいい。村上龍の小説を読むと元気になる、という読者が多いのは、ひとつにはそのせいもあるのではないだろうか。

一方、この「はじめての夜　二度目の夜　最後の夜」のヤザキは、四十一歳。世間一般の四十一歳にくらべるとまだまだ正直ではあるけれど、かつてのようなむきだしの残酷さは影をひそめている。もちろん、ヤザキケンなる人物は村上氏の複数の作品に登場しているし、それらが必ずしも同一人物とはいえないこともわかっているのだが、にもかかわらず私は、読んでいる間じゅうずっと、「69」を思い浮かべずにいられなかった。

　ヤザキの中学時代の同級生という設定のアオキミチコと、彼の高校時代の想い人であるレディ・ジェーン松井和子は、ぴったりと二重写しに見える。おそらく、村上氏にとって彼女たちは「永遠に女性なるもの」の代表なのだ。理想の女性というのとはまた違って、理想の初恋の人、とでもいえばいいだろうか。つまりは「ブライアン・ジョーンズのチェンバロの音のごたる感じで」生きていくような女性たちだ。

　けれど、現実にはそんな女性などいるわけがない。現実はもっと容赦がない。あたり前のことだが人は一生汚れずに生きていくことはできないのだし、ヤザキが言うように、「失われた日々、失われた時間はどうあがいても手に入らない」のだ。「最高のレストラン、最高の食事とデザート、できればずっと一緒にいたいと思っていてずっと一緒にはいることができない恋人、そんな瞬間が永遠に続くわけがない」のだ。

　ヤザキもアオキミチコも、もはや若くはなく、元気でもない。引きずるものが増え、昔よりも失うことに慣れてしまっている。

　そのせいだろうか。究極の料理と村上氏独特の言葉とが丁々発止とわたりあう間を縫うように、夜明けの蒼さのような諦観が全編に満ちていて、読み進むのが哀しかった。あの「69」の、エネルギッシュで底抜けに楽しかった世界が向こう側にちらつけばちらつくほど、何かが確実に失われてしまったことを思い知らされて、ひどくせつなかった。

それでもなお——ここが村上龍の真骨頂だと思うのだが——読後に残るのは喪失感ではないのだ。

「あと三十分で世界が終わりっていう時に、思い出して確認できるような楽しかったこと、今までにたくさんあった？」ラスト近く、アオキミチコからそう訊かれたとき、ヤザキは答える。——オレの場合は、悪いけどそういうことの連続だ。

そこを読んだ時、私は快哉を叫びたかった。彼にそう言われて笑いだしたアオキミチコの、おそらくもう笑うしかなかったのであろう寂しさを思いながらもやはり、そうだ、それでこそヤザキだ、と思ってしまった。

もしかすると、村上氏の作品群のうち「コインロッカー・ベイビーズ」や「愛と幻想のファシズム」などを好む人は、この作品を手に取らないかもしれない。あるいは「限りなく透明に近いブルー」や「トパーズ」「ピアッシング」などを好む人は、これを甘いというかもしれない。

それでも私は、この作品がとても好きだ。

以前、「青春と読書」誌上で対談をした時、村上氏は、自選小説集第一巻に自ら冠した「消費される青春」というタイトルをめぐり、他者によって使い果たされることと自分で自分を使い果たすことの境界についてこう語った。

「小説を書いてさえいれば、あるいは映画を撮りさえすれば自分で自分を使い果たすことになるとかって、ワナなんです。（村山「境界が、そこにあるんですね」）そこにあるんです。多分、そうやって人間は堕落していくんですよ。常に自分が今やっていることをまず疑わないと、ワナに落ちる」

「居心地は悪いかもしれないけれども、自分がワクワクするような場所、しかも他者に出会うような場所を、自分で自分につくってやる、そうすれば終わらないんですよ。それはあらゆる個人、ジャンルにも言えることだと思いますよ」

〈唯一の復しゅうの方法は、彼らよりも楽しく生きることだ〉

というあの言葉どおり、村上氏は常に外へ外へと出て行き、自分の言葉を伝えるべき他者を探し続ける。失われたものの残骸を拾い集めて感傷に浸るような人生を、彼は徹底的に拒否し続ける。

村上龍の「戦い」が、どこまで続くのか、ほんとうに「死ぬまで終わることがない」のかどうか――。

私は、それを見届けようと思う。

初出誌／コスモポリタン　一九九三年六月号〜一九九四年十二月号

この作品は一九九六年十二月、集英社より刊行されました。

集英社文庫

はじめての夜《よる》 二度目《にどめ》の夜《よる》 最後《さいご》の夜《よる》

2000年1月25日 第1刷
2014年10月6日 第9刷
定価はカバーに表示してあります。

著 者 村上《むらかみ》 龍《りゅう》
発行者 加藤 潤
発行所 株式会社 集英社
東京都千代田区一ツ橋2-5-10 〒101-8050
電話 【編集部】03-3230-6095
【読者係】03-3230-6080
【販売部】03-3230-6393(書店専用)

印 刷 大日本印刷株式会社
製 本 大日本印刷株式会社

フォーマットデザイン アリヤマデザインストア マークデザイン 居山浩二

ISBN978-4-08-747147-2 C0193